문학과지성 시인선 545

천사의 탄식

마종기 시집

문학과지성사

문학과지성사에서 펴낸 마종기의 시집

안 보이는 사랑의 나라(1980)
모여서 사는 것이 어디 갈대들뿐이랴(1986)
그 나라 하늘빛(1991)
이슬의 눈(1997)
마종기 시전집(1999)
새들의 꿈에서는 나무 냄새가 난다(2002)
보이는 것을 바라는 것은 희망이 아니므로(시선집, 2004)
우리는 서로 부르고 있는 것일까(2006)
하늘의 맨살(2010)
마흔두 개의 초록(2015)

문학과지성 시인선 545
천사의 탄식

초판 1쇄 발행 2020년 9월 9일
초판 5쇄 발행 2024년 7월 2일

지 은 이 마종기
펴 낸 이 이광호
주　　간 이근혜
편　　집 이민희 최지인 조은혜 박선우 방원경
펴 낸 곳 ㈜문학과지성사
등록번호 제1993-000098호
주　　소 04034 서울 마포구 잔다리로7길 18(서교동 377-20)
전　　화 02)338-7224
팩　　스 02)323-4180(편집) 02)338-7221(영업)
전자우편 moonji@moonji.com
홈페이지 www.moonji.com

ISBN 978-89-320-3767-7 03810

이 도서의 국립중앙도서관 출판예정도서목록(CIP)은 서지정보유통지원시스템 홈페이지(http://seoji.nl.go.kr)와 국가자료공동목록시스템(http://www.nl.go.kr/kolisnet)에서 이용하실 수 있습니다. (CIP제어번호: CIP2020036637)

문학과지성 시인선 545

천사의 탄식

마종기

시인의 말

지난 시집 이후에 쓰고 발표한 시들,
아주 멀고 멀리 산 넘고 바다 건너에 살고 있는
고달픈 말과 글을 모아서 고국에 보낸다.
5년 동안 모은 시들이지만 그게 내 평균 속도였으니
큰 게으름은 없었다고 믿고 싶다.
시를 읽어줄 당신께 감사한다.

2020년 9월
마종기

천사의 탄식

차례

2

3

해설

1

이슬의 명예

이슬은 내 육신의 명예,
이른 어두움에 태어나서
아침이 다 피기 전에 떠난다.
이국에서 보이지 않게 살다가
날이 밝으니 찢어진 갑옷을 벗는다.
죽은 이슬은 몇 방울의 물,
정성을 다해 사랑한다는 일은
얼마나 어렵고 무서운 결단인가.

돈을 빌려 외국에 왔다.
밤낮없이 일해서 빚을 갚고
돌아가지 못할 나라를 원망하면서
남아 있던 외로운 청춘을 팔았다.
변명도 후회도 낙담도 아양도 없이
한길로 살아온 길이 외진 길이었을 뿐
피하지도 숨지도 않고 사라진 이슬.
어디로 갔을까 찾기 전에
이슬이 만든 무지개가 피어난다.
모두 떠난 자리에 의연히 서 있는
예언자의 훈장처럼, 눈빛처럼!

사순절의 나비

나비가 왜 한마디 말도 안 하는지 몰랐다.
쏟아놓은 말들이 날개에 붙으면
몸이 무거워 날 수 없다는 것도 몰랐다.
나비는 언제까지 애벌레처럼 살지 못한다.
꽃 속에 들기 위해 소리를 감추는 미소 몇 개,
대꾸하지 않는 다문 입에도 봄이 피어난다.

목련의 딸이 죽었다고 문상 온 나비의 절.
나도 돌산에 오르며 기도로 끝낼 걸 그랬나?
땀과 피에 범벅되어 그 산에 오르던 침묵이
오히려 나를 감싸며 위로해주었다. 올려다보면
사랑은 인내라며 그간에도 순명의 고통으로
몇 번이나 온몸이 찢어지고 무너진다.

나비가 날개를 펴는 사순절 근처의 햇살,
모든 죄를 용서해준다는 당신의 숨결이
내 날개의 지향을 확실하게 고쳐준다.
쓰러지고 일어서다 다시 쓰러지는
모든 죽음이 끝나가는 봄의 한낮.

신설동 밤길

약속한 술집을 찾아가던 늦은 저녁,
신설동 개천을 끼고도 얼마나 어둡던지
가로등 하나 없어 동행은 무섭다는데
내게는 왜 정겹고 편하기만 하던지.

실컷 배웠던 의학은 학문이 아니었고
사람의 신음 사이로 열심히 배어드는 일,
그 어두움 안으로 스며드는 일이었지.
스며들다가 내가 젖어버린 먼 길.

젖어버린 나이여, 오랜 기다림이여,
그래도 꺾이지 않았던 날들은 모여
꽃이나 열매로 이름을 새기리니
이 밤길이 내 끝이라도 후회는 없다.

거칠고 메마른 발바닥의 상처는
인파에 밀려난 자책의 껍질들,
병든 나그네의 발에 의지해 걸어도
개울물 소리는 더 이상 따라오지 않는다.

오늘은 추위마저 안심하고 인사하는
구수한 밤의 눈동자가 빛난다.
편안한 말과 얼굴이 섞여 하나가 되는
저 불빛이 우리들의 술집이겠지.

가진 정성을 다해 사랑하는 것이
미련의 극치라고 모두들 피하는데
그 세련된 도시를 떠나 여기까지 온
내 몸에 깊이 스며드는 신설동의 밤길.

바다들의 이별

해안을 떠나는 바다는
이별이 아쉬워, 늦은 밤까지
소리 죽여 울고 또 울지만
몇 해쯤 후에 다 자라면
밀물이 되어 돌아오게 되는 것은
아직도 눈치채지 못하고 있구나.

그래서 슬피 우는 바다여,
우리는 어차피 어디로 가는지
한 순간의 방향도 모르고 산다.
내가 당신을 만나리라는
기대의 여정도, 단지
다짐하며 믿고 있을 뿐이다.

돌아오려고 해안을 긁어대다
피 흘리며 떠나는 바다여,
우리들의 행색이 다 그렇거니
기진한 바다의 젖은 눈이
지나간 날의 나신을 보고 있다.

허물어진 몸을 세우고
돌아올 바다 앞에 선다.

투옥의 세월

4개월 정도의 긴 여행을 끝내고 집에 돌아와
단단히 잠가둔 문을 열고 빈방에 들어서니
방 안 가득 모여 한참 시들어가던 공기들이
도대체 이렇게 꽁꽁 가두어두어도 되느냐고,
숨 쉬기 힘들어 죽는 줄 알았다고 아우성이다.
(1년 만에 문을 열었다면 어땠을까.)
여는 김에 커튼도 열고 창문도 활짝 열었더니
혼수상태의 공기가 하나둘 깨어나기 시작하고
부풀어 오른 몸으로 뛰어다니며 노래까지 한다.

무엇이건 누구건 오래 가두지는 말 것,
젊은 날, 나도 이를 갈며 옥중 생활을 했다.
어두운 공기와 침울한 벽과 숨 쉬기 어렵던 분노,
어느 나라도 죄 없이 사는 공기나 부들을
강제로 투옥하고 위협하고 짓누를 수 없기를.
아무리 큰 이름이나 이념이나 권력으로도
방심한 남의 생활을 굴복시키지 말 것.
사는 일이 갑자기 힘들고 괴롭더라도
그래도 가두지는 말 것, 때리지 말 것,

잃어버린 앞날이 아득하게 추워온다지만

그래도, 그래도!

갈리폴리 1

에게 해안을 멀리 내려다보는 푸른 언덕, 터키의 남쪽 양지에 묻힌 스무 명 남짓 뉴질랜드 군인들의 무덤이 빛바랜 비석을 부끄러워하며 백 년 이상 졸고 있다. 지나는 사람도 없는 조용한 낮, 나이 든 비석들 가끔 눈 뜨고 깨어나 주위를 돌아본다. 여기가 어디지? 떠나온 내 나라는 어느 쪽이지? 식구들을 떠나 몇 주일씩 배 타고 와서 이쪽은 내 편, 저쪽은 적군이라며 피 터지게 싸웠다. 왜 서로 죽이며 싸워야만 했을까? 시체가 되어 갈리폴리에 상륙했던 병사들의 의문은 매해 향기도 없는 민들레로 피어났다.

땅으로 몸을 받아준 터키는 물론, 조국도 이들을 다 잊은 모양인데 올해도 민들레는 지천으로 피어 먼지 쌓인 향수를 달래주고 있다. 50만 명의 사상자가 난 지옥의 갈리폴리 지방도 한참 지난, 이즈미르 언덕 쪽에 묻힌 이국 병사들이 무슨 흔적을 남길 수 있으랴, 변명도 없이 칼에 찔려 죽고 총에 맞아 죽고 포탄에 터져 죽고 물에 빠져 죽었다. 다음 날 아침 묘지에 다시 가서 이름 겨우 보이는 작은 비석을 쓰다듬으니, 손바닥에 비석의 눈물이 흥

건히 묻어난다. 그 비석이 내게 기대면서 속삭인다. 그 말이 젖어서 힘이 없다.

내가 자란 목장에는 양들이 많았다. 어머니도 아내도 하늘도 땅도, 아는 것은 양치기밖에 없었다. 나라가 가라고 해서 어딘지 모르고 집을 떠났고 지옥 속에서 피투성이가 되었다. 죽어서야 드디어 전쟁이 나쁘다는 것을 알게 되었다. 정작 죽어야 할 것은 전쟁이었다. 자기만 옳다고 주장하는 자를 조심해라. 사상이니 정의만을 외치는 자의 속셈을 조심해라. 그 긴 전쟁이 끝나고 백 년이 지났는데 아직도 몸이 아프다. 어머니도 아내도 보고 싶어 억울하다. 저쪽 해바라기 한 무더기까지 대낮부터 고개를 푹 숙인 채 해를 외면한다.

갈리폴리 2

1차 세계 대전에 대한 책을 읽다가 특히 갈리폴리 전투의 참혹한 8개월에 절망하며 의심하다가, 결국은 직접 찾아가 에게 해안을 따라 터키 땅을 한동안 헤매 다녔다. 난데없이 먼 나라, 오스트레일리아나 뉴질랜드 병사들이 많이 죽어서 백 년 동안 흩어져 묻힌 황폐한 묘지들이 보기에 안타까웠는데, 마침 근처에 머물던 날 중의 하루가 내 친할아버지의 제삿날인 것이 생각났다. 할아버지의 산소에 마지막 가본 것이 언제였던가, 거의 70년 전이었구나.

초등학교 2학년 때 아버지를 따라 판문점 근처의 선산을 찾아 친할아버지, 친할머니, 그리고 증조부님의 산소에서 벌초를 하고 절을 올렸던 기억. 사람들은 그곳을 이제 비무장지대니 디엠지라고 부르는데 조부모님은 그간 자손들 절도 받아보지 못하시고, 이름 모를 온갖 들짐승과 버려진 풀덤불에 뒤엉겨 기다리고 또 기다리기만 하셨네. 지금쯤은 만나볼 희망도 털어버리셨겠지. 통일이 된다고 해도 어차피 산소가 어딘지는 찾아볼 수도 없을 테니까.

빈 바다가 더 넓게 보이는 터키 해안, 동쪽으로 돌아서서 할아버지 향해 큰절 두 번에 반절 한 번을 올리고 터키 맥주지만 술도 한잔 올리고, 어색한 곳에 버려진 숱한 묘지들 생각으로 며칠을 보냈다. 한데 요즈음 뉴스에서는 씨가 말랐다는 에게해의 물고기 때문인가, 살 곳을 찾아 쪽배를 타고 헤매는 시리아 난민에 아프가니스탄, 아프리카 난민까지 그 바다에 빠져 죽은 이가 이달에만 3백 명, 지난 한 해 동안 3천 명 이상이 에게해에 빠져 익사했다네.

어느덧 해가 뉘엿뉘엿 지는 나이가 되었다. 사람들은 아무 데서나 죽는구나. 확실하게 보이던 것은 자꾸 희미해지는데 평생을 쏘다니며 살았던 내게 저 핏빛의 노을은 무엇을 말하려는 것일까. 모든 사람이 태어난 나라에서 죽지는 못한다. 선택되고 운 좋은 자들만 따뜻하게 잔다. 그러나 명당자리가 아니고 아무 나라 아무 땅이나 하늘이 다 좋다면, 더 이상은 바람 따라 우리가 흔들리지 않아도 되겠지. 바쁘다고 지나친 조부모님도 덩더꿍 춤추며 만날 날이 있겠지.

저 집의 봄

드나드는 골목길 저 집 안에
꽃나무 하나가 살고 있었구나.
그늘이 떠난 빈자리인지
하나둘 핀 꽃이 하도 밝아
둥치가 안 보이는 나무 이름은
꽃 한 송이 보고도 환히 알겠네.

저 꽃이 광대무변한 세상인가,
긴 방황 끝내고 돌아온 봄은
애틋하게 나를 다시 유혹하고
숨어 살던 햇살까지 다가와
따뜻한 손으로 땅을 쓰다듬는다.
가슴에만 품고 살던 말들이
천천히 사방에 퍼지기 시작한다.

이제 되었다.
모든 준비는 끝났다.
봄은 구름에 앉기 시작하고
오래된 약속이 먼지를 털며

귀향하는 내 생애를 깨우고

겨울의 일몰은 아쉬운 듯

음모를 포기하고 자리를 뜬다.

나그네의 집

처음에는 확실히 바람이 불었어.
방향도 장소도 가리지 않고
여기저기서 회오리 소리가 났지.
나뭇가지가 휘청거리다 부러지고
온갖 색의 나뭇잎들이 날렸어.
얼마 후엔 동서남북에서 번개가 치고
천둥은 자기 길을 어쨌든 가야 한다고
낙담으로 시대를 흔들어댔어.

천둥소리가 멀어지는가 했더니
드디어 장대비가 왁왁 내렸지.
앞뒤도 아래위도 안 보이게 퍼부어서
집도 없는 젊은 나이를 숨차게 압도했어.
천지에 가득하던 비가 슬그머니 그치자
밤이 말도 없이 우리 사이에 왔지.
과거도 미래도 오늘도 다 안 보이는
그 어두움을 이불 삼아 함께 누웠어.
그게 무서움이었나, 아니면 불확실?
우리는 그러다 지쳐서 잠이 들었나 봐.

그렇게 수십 년을 꿈도 없이 잔 것인가.
깨어나니 허리 굽은 노인이 되어 있었어.

잘못 찾은 것은 아니지?
내가 변두리로 젖어 흘러가는 것도
단지 운명이나 팔자 같은 걸까, 맨 처음,
웬 바람이 그리도 심하게 불었던 건지.
그때 묻은 냄새밖에는
이 집에는 남은 게 없네.

서울의 흙

1

어릴 때 살던 헌 집에 50년 만에 들어가도
눈물진 주위에는 낯익은 이 아무도 없어
빈 가슴 아쉬워 좁은 마당의 흙 한 줌 긁어
황급히 바지 주머니에 넣고 집을 나왔다.
옛 가족의 정든 목소리 웃음의 한 줌인데
왜 그리 기분이 푸근하고 따뜻해지던지.
그 이야기 아무에게도 알리지 않았지만
이렇게 어정대다가는 잘못될 수도 있어
드디어 아내에게 지나가는 척 말했지.
혹시라도 내가 이국땅에서 갑자기 가면
이 한 줌 흙을 꼭 내 손에 쥐어달라고.

요즘도 가끔 작은 상자의 흙냄새도 맡고
어떤 때는 손가락으로 조심 건드려보지만
어쩐지 갈수록 정든 흙이 줄어드는 느낌,
제 집을 떠나면 증발을 하나 바람을 타나,
적어지는 흙을 보니 은근히 조바심 난다.

손에 쥐고 가기에 모자라지는 않을까.
가끔은 무슨 말을 하는 듯 광채까지 난다.
세상에서 제일 힘든 것은 이별이겠지만
내 흙을 보고 있으면 이별도 부드럽다.
곁을 떠난 사람도 오가는 길에 보인다.

2

흙은 서울의 흙이든 해외의 흙이든
인간의 몸을 채우는 재료라지만
같이 살던 흙에서 떼어놓으면
천천히 사라지고 마는 것인지
혼자 산다는 게 그렇게 힘든 것인지
싱싱한 냄새도 풀 죽어 시들고
꽃을 키우던 든든한 힘줄도 보이지 않는다.

인연이 어떻게 시작하는지 모르지만
일부러 헤쳐 만든 인연은

오래가지 않는다.

흙이 왜 흙을 그리며 쓰러지는지

누군가는 언제쯤 내게 알려주겠지.

비 오는 칠레

도착해서부터 매일 비가 내렸다.
우기에 접어든 도시는 힘이 빠져서
길도 호텔도 빵 가게도 자전거도
한가한 해변까지 지워지고 있었다.
좁은 골목으로 꺾어드니 난데없는 꽃밭,
주소도 없는 땅에 모여 살고 있는
꽃향기마저 편안하게 젖어 있었다.
낮잠을 청하는지 눈 감고 있는 꽃들,
언뜻 빗소리가 기도 소리같이 들렸다.
아, 누군가 이 세상을 이겼다는 소식,
얼마나 먼 나라에서 나를 부르는 것인가.
머리부터 떨게 하는 성령에 젖은 몸,
오래된 성당에 들어가 찬비를 털었다.

잡담 길들이기 20

가을철 단풍의 여러 색깔은 그 나무가 가진 설탕 성분 때문이라는데 나무의 몸에 설탕이 많으면 단풍이 잘 들고 적으면 색이 곱지 않고 아주 적으면 단풍이 아예 들지 않는다. 잎에 모여 있는 설탕이 빨갛고 노랗고 또 갈색의 예쁜 색깔로 잎을 물들인다네. 여름의 푸른 잎은 엽록소로 태양을 빨아들여 나무와 잎을 키우고 가을이 오면 차가운 기운과 짧은 낮 시간을 느끼면서 나무는 간직해온 설탕을 잎에 바르기 시작한다. 이 설탕이 나무 잎에 색을 칠해 단풍을 만들고 또 천천히 낙엽이 되게 도와준다네.

그러니 설탕 성분이 너무 적어서 세상을 눈 아래로 보며 도도한 자세를 고치지 않는 상록수들은 달콤함도 따뜻함도 없겠지. 자기가 무엇이 부족한지도 모르겠지. 당분이 없어 몸이 차가운 나무들은 단풍의 고운 빛을 만들지 못하고 정성껏 둥치를 안아도 차고 냉정하기만 하겠지. 그런 게 내 옆에 없으니 얼마나 다행인지 모르겠다. 시간만 나면 온기를 나누고 은근한 몸짓으로 미소를 전하는 나무. 때가 되면 자식을 위한 자리까지 마련해주려는 사려 깊은 눈길. 가을에는 단풍 드는 나무에 훨씬 정이 가네.

기진하며 정성껏 겨우 끝낸
볼품없이 부끄러운 시 한 편,
가슴에 아직 남아 있는 온기로
아끼며 조심해 보듬어 안는다.
사랑한다는 내 말을 들은 시가
얼굴에 밝은 빛을 보인다. 아,
한마디 말과 체온도 위안이구나.
나무의 손가락이 나를 툭 건드린다.

소름의 역사

합창의 화음을 듣다가 소름이 돋는
나이 든 피부를 조용히 문지른다.
양쪽 뺨부터 시작해 두 팔에까지
털을 세우는 절실한 자국을 남긴다.

아직도 미개한 내 피부여,
소름은 공포의 표시일 텐데
음악과 공포가 다른 것을 모르다니!
아니면 오페라의 청아한 아리아가
추위로만 느껴져서 문을 닫으려는
정신 나간 미욱한 행보라니!

그래도 가끔은 고맙기도 하네.
지난밤엔 돌아가신 어머니가 오셔
내 뺨을 조용히 만져주신 것,
반가움이 넘쳐서 한 올씩 느껴지던
이 나이에까지 함께 사는 섬세한 소름,
잠 깨어도 내 감각은 팔팔했었지.

그래, 때때로 딴소리를 해도 괜찮다.
매끈한 이 동네에 상처가 되지는 않는다.
내 소름이 살아온 시대는 험난했지만
세상의 피부를 늘 따듯하게,
부드럽고 착하고 곱다고 착각해라,
전쟁에 광분하는 핵무기의 폭발을
「루살카」의 「달빛」 정도로 보고 듣거라.

이 저녁녘 음악을 듣다가
감동을 공포로 해석하고
추위와 무서움을 똑같다고 느끼는
진화하지 못한 내 피부여, 언제쯤에야
무서움 말고 빛나는 것이 있다는,
쉬운 것이 가끔은 가장 아름답다는,
역사의 큰 이치를 내가 배우겠느냐.
착각의 진정과 아름다움도 느끼겠느냐.

친구를 위한 둔주곡

그게 정말 길이었을까,
가쁜 숨 쉬고 땀 흘리느라
고개 숙이고 주위를 살피느라
정작 지나온 긴 나날은
보지도 못했네. 길이었을까.

헤치고 밝히며 온 발걸음은
춥기도 하고 바람도 불고
더워서 지치기도 했었지만
스쳐온 밤낮에 흩어져 있던
꽃냄새, 빗소리, 강물 빛까지
그게 온통 한 생의 속살이었네.

우리는 보석처럼 오래 걸었고
유혹은 오직 조용한 들에 피어
옷을 벗는 꽃,
이승을 떠나는 긴 미소,
엊그제 죽은 내 친구의
호흡이 요약된 그 산책길.

저녁 기도

여러 개의 꽃을 가진 부자보다
한 개의 꽃을 겨우 가진
네가 행복하구나.

한 개의 꽃만 있으니
그 꽃의 시작과 끝을 알고
꽃잎의 색깔이 언제쯤
물드는지, 비밀스럽게
언제쯤 향기를 만드는지.

다가가면 왜 미소를 전하는지,
몇 시쯤 잠이 드는지.
잠이 들면 그 숨소리도 하나씩
다 들을 수 있는 황홀,
꽃을 한 개만 가진 이가
소유의 뜻을 세밀하게 아네.

그러나 언젠가 나이 들어
다 늙고 시든 몸으로

우리가 땅 그늘에 지면

생전의 섬세한 색과 향은

어느 기억에 남아서 살까.

누가 가까이 다가와

우리의 잠을 깨워줄까.

겨울의 끝날

아무도 찾아오지 않았다.
봄이 가고 여름이 지나갔다.
저희들끼리 자라고 저희들끼리
날아다니다가 짝을 찾아
여러 모양의 열매를 맺었다.

그 후에는 방문 두드리는 소리를
가끔 들었다. 들리다 말다 한 소리는
바람에 쓸려가는 낙엽들이었다.
모두가 필요 없다며 버린 인연들.
어느 날 저녁부터는 주위가 작아지고
흥얼거리는 박자인지, 누가 오는 건지
밤새도록 속삭이는 음성이 들렸다.
문을 열어보니 눈이 내리고 있었다.
바람이 밤과 눈을 부지런히 섞고 있었다.

보이는 게 다 흐렸지만 고백하자면
그것이 바로 내 질긴 평생이었다.
그래도 끝이 흰색이라는 게 좋았다.

체세포에 묻은 인내는 무게만 있는 건지
한 발 두 발 걷는 것도 힘들어지기 시작했다.
참는 법을 몰라 헤매던 날들은 떠났다.

그렇게 겨울이 왔다.
아무도 찾아오지 않았다.
차가운 후회들이 모여 눈이 되었겠지,
맨몸을 감는 겨울밤이 오히려 정답다.
겨울의 끝은 저만치에 오고 있지만
그 뒤에 오는 날들은 누구의 진정인가,
숨이 끝나도 한동안 귀는 열려 있다지.
나이 든 후부터 자라난 힘든 물음들이
다 되살아나 내게 들려오고 있었다.
그 안에 나를 부르는 정든 목소리 하나.

사소한 은총

아침 햇살이 오늘은 말이 적다.
눈을 떴다 감았다 하며 나를 본다.
어차피 잔잔한 아침 햇살도
저녁 햇살과는 형제간이겠지만
내 주름진 피부를 밀어내지 않는다.

숲길의 나무가 몸에 좋다기에
나무 숨소리로 얼굴을 씻는다.
햇살이 웃으며 내 손을 잡는다.
온순하고 착한 빛깔 속에
젊어서 억울하게 죽은 내 동생,
아직 웃고 있는 모습이 보인다.

그러면 저 나무의 숨소리가
동생의 살아 있는 넋일까.
눈치 보며 나무둥치를 안고
오래 아파온 가슴을 쓰다듬는다.
집착보다 우리는 더 가깝다며
동생이 오히려 나를 다독인다.
아침이 우리를 하나로 묶어준다.

파타고니아식 변명

다시 가게 된 것은 조바심 때문이었다.
나이는 들어가고 겁도 늘어나고
돌아보아야 점점 좁아지는 세상에서
높고도 더 높은 유정천의 하늘을 만나
보이는 것이 끝일 수 없다고 말하려 했다.
고집도 늘어가고 트집거리도 늘어가고
주위로 막아선 높은 벽들은 가슴을 조이고
내 힘으로는 두들겨 깰 수도 없으면서
무엇이 여기까지 끌고 왔는지 알고 싶었다.

주위가 허전해져서 채근이라도 하고 싶었다.
파타고니아의 정상은 화산 연기를 뿜어내며
나를 보지도 않고 화가 나서 묵묵부답인데
무섭고 겁이 나도 돌아설 수가 없었다.
이것이 다냐고, 여기가 다냐고 묻고 싶었다.

매일 저녁 구워 먹었던 일곱 살짜리 양,
내 손자보다 어린 양이 눈으로 조롱했다.
인연의 끈들이 구름같이 다 풀어지는

파타고니아의 하늘에서 내리는 굵은 빗줄기,
올가미로 느껴지던 질긴 관계들을 끊어버린다.
비를 맞으면 흐르는 눈물도 보이지 않는다.

피부를 헤집어 상처만 주는 주위의 풀잎,
칼 같은 풀잎이 가슴까지 찌른다.
아무도 거두지 않은 죽음들이
오래 젖어서 천천히 일어서는 땅,
지상의 날들이 얼마나 남았는지 모르겠지만
다시는 오지 않겠다고 맹세한 것도 잊고
굵은 비에 가려 아무도 보이지 않는 시간,
약속해준 그 용서만 나를 아프게 때린다.

2

이사

한동안 펼쳐보지 않았던
오래된 책이
반갑다며 내게 안긴다.
아직도 체온을 가진 종이.

나만 나이 든 줄 알았더니
책도 늙는구나.
눈에 익은 것은 모두
잊지 않고 나이를 보인다.

책을 털고 펼치니
보이지 않던 먼지가 날린다.
무심결에 꾸미며 산다고
감추어두었던 날들이 깨어나
먼지를 날리는 내 어깨.
(그래, 무관심이 제일 힘들었지.)

만나고 헤어지는 사이에
기억의 줄은 느슨해지고

비어 있는 시간의 틈새.
아무 대답도 듣지 못한 채
내가 버리고 온 말들은
오늘 밤 잠이나 깊이 들까.

는개의 시간

숨 가쁘게 바쁜 의사였을 때
밤사이에 모인 죽음을 새벽녘에 보내며
가책의 낮은 목소리로 두 눈을 감기면
는개는 창밖에서 비린 눈물을 보였지.
아니면 내가 나를 다 지우고 싶었나,
체념한 몸을 털고 숨 거둔 환자들이
늦봄의 형이 되어 나를 위로해주었지.

(는개는 언제부터 다가온 것일까, 발자국 소리도 듣지 못했는데 어떻게 나를 통째로 적신 것일까, 언제 시작을 한 것인지 언제 끝이 난 것인지도 모르고, 몰려오는 오한에 몸을 떨기만 했다.)

70여 년 평생의 친구는 연락도 없이
메모 한 장 남기고 죽었다는 전갈,
한숨 쉬는 하늘과 정적이 어둡게 닫히고
먼 는개가 다가와 내 눈을 적시는구나.
그래도 떠나는 뒷모습이 편안했었다니
내 옆에 남겠다는 그 약속만은 믿겠다.

낯선 나라의 너른 들판은 푸르고

시냇물 소리가 반성하는 나를 부른다.

죽은 이들은 언제나 조용하고 착하다.

아침결의 집착처럼 잠이 덜 깬 미련들이

후회하는 영혼을 는개 속에 숨긴다.

진혼의 해안

나를 부르는 소리가 어쩌다 가엾게 들려
가던 길 돌아서서 처음 보는 바다에 왔다.
연륜이 가늠되지 않는 해안을 헤매다
헐어빠진 청춘들은 바다에 빠지고
더 아프기 전에, 상처가 덧나기 전에
몸부림치다 지친 몸을 쓰다듬는다.

등 푸른 말을 하는 전생의 가족들아,
내가 물불 못 가리고 혼쭐 빠져 있을 때
외골수 상심에 눈뜬장님이 되었을 때
어떻게 왔는지 내 등을 토닥여주었지.
그 연민의 힘이 멍이 되었던 것일까.

이제는 기대할 것도 아까울 것도 없다.
우편물은 도착했고 소식들은 떠났고
궁금했던 것은 다 취소되고 흩어졌다.
햇수가 겹쌓여 바람 자는 빈터가 되었다.
상처 푸른 목숨이 빈 공중을 날아다닌다.
나이 든 파도가 가엾다며 해안을 안아준다.

바지락이나 감자탕이나

떠나 산 지가 너무 오래되어서인가,
귀국하면 무슨 음식을 같이 먹을까
끌어주는 친구는 신기하고 드물어서
하늘이 잠시 문 열고 나와
햇살을 한 개쯤 뿌리는 것 같네.

아버지도 어머니도 멀리 가시고
한 이불 쓰던 동생도 벌써 떠났다.
같이 살다 죽자던 어린 날 단짝들도
하나둘 구름만 남기고 어디론지 가고
외롭다 할지, 춥고 허전하다 할지,
가을비 맞는 친구의 무덤가에 다시 섰다.
거기서는 잘들 모여 살고 있는 거냐.

감자탕의 감자는 식물성이 아니고
돼지의 척수를 이른다고 알려준 친구도
해장에는 바지락칼국수가 최고라며
소주 한잔 털어 넣고 맑은 국물을 뜨는
친구들 입맛을 따라갈 수는 없겠지만,

나는 바지락에는 겉절이가 제격이던데
이제는 나이 들어 당해내지도 못하면서
해장 소주 몇 잔에 눈물이나 참는,

바지락에 겉절이나 펄펄 끓는 감자탕이
의사인 내게는 어울리지 않는다지만
당신은 모른다. 벼랑 끝에서 참아낸
수많은 헛발질의 억울하고 매운 맛,
함께 굴러다니고 싶어 찾아 헤매던 맛,
얼큰하고 깊고 맵싸한 곳만 찾아다니는
나도 언제 한 번쯤은 모여 살 수 있을까.
아무래도 그런 건 다음 세상의 일일까.

노는 땅

너는 집도 없는 뜨내기니까 조그만 별장이라도 함께 가져보자는 친구의 말에 혹해, 노는 땅을 보러 경기도 광주의 무슨 면, 강원도 홍천의 어디, 그리고 알지도 못하는 산촌을 싸돌아다니면서 울긋불긋한 색의 유리문을 열고 부동산 중개소를 몇 번이나 드나들었다. 친구가 앞장서서 노는 땅을 여러 곳 보았는데 이름 모를 새와 온갖 곤충과 잡풀과 들꽃들이 뒤섞여 눈짓만 나누면서 놀고 있었다. 노는 땅은 처음부터 다르게 노는지 노랫소리도, 움직이는 낌새도 없었다.

노는 땅이 자기 노는 모습을 왜 안 보여주는지 섭섭한 마음으로 산촌을 떠나면서 지나가는 촌부에게 노는 땅과 안 노는 땅의 차이를 물어보니 노는 땅은 자연대로 멋대로 있는 땅이고 안 노는 땅은 비싼 땅이어서 함부로 건드릴 수 없는 땅이라고 설명한다. 집을 짓고 빌딩도 세우면 숨 쉬기도 힘들고 햇살 보기도 힘들다는 말. 동네를 떠나면서 뒤돌아보니 아니, 언제부터야? 신명 나는 아지랑이랑 천연색의 춤판이 보인다. 노는 땅이 기어이 일어나 드디어 한바탕 노는구나.

아, 이제 알겠다. 왜 노는 땅이 우리를 노려보았는지. 우리가 떠나자 왜 신나게 춤을 추었는지. 햇살을 못 보고 살까 봐 걱정한 것이었구나. 그래, 놀아라, 노는 땅아, 네가 놀아야 몸 털어 들꽃을 만들고 덩더꿍 춤추며 온갖 벌레까지 부르지. 노는 땅이 많아야 숨쉬기도 쉽고 잠도 잘 온다. 세수 마친 꽃이 친구에게 기댄다. 네가 참 곱구나. 냄새나고 보기 싫은 것 모두를 껴안아 흙으로 만드는 부지런한 땅의 손. 꽃 피는 내가 신명이 나서 뒹군다.

무용가의 초상

주위를 둘러보니, 어머니,
모두들 잘 있습니다.
무대도 조명도 객석도 잘 있고
인간의 간절한 열정은 살아서 뛰며
몸부림치는 영감의 현장이 되네요.
새로운 첫번째만이 예술이라고 하신
당신의 어려운 주장이 무대를 채웁니다.

삶이 어려워도 꿈은 기죽지 않고
기어이 당당하시던 당신의 발걸음.
무용의 끝막은 인간이라며 온전히
목숨을 태우며 춤을 만드시던
평생을 받아온 사랑의 결론입니다.
어머니, 당신의 따뜻한,

움직임의 파문은 사방에 살아 있고 한길 삶의 초점은 섬세하고 강하다. 새로운 율동에 생명의 정수를 붓는다. 세상의 모든 거짓으로부터 벗어난다. 그 용기가 춤으로 태어난다. 버려진 흥을 바로 세운다. 춤 속에 살고 있는

자유, 가식과 수식은 수면 아래로 숨고 옷 벗은 자유가
다른 이름의 자유를 만난다.

어머니, 고집스러운 외길의 자부심에
부드럽고 그리운 움직임이 눈부십니다.
버려진 몸과 말이 마침내 꽃을 피웁니다.

마지막/시차 적응

하루 종일 비행해서 지구의 반대쪽에 도착하고 두어 달 조용하고 울적하게 기다려준 집 앞에 선다. 도마뱀들이 소리 없이 바쁘고 수천 개의 붉은 부겐빌레아 꽃이 초여름 볕에 졸고 있다. 낮은 그렇게 갔다. 밤이 되어도 열세 시간의 시차 사이에서는 아무 소리도 나지 않아 리하르트 슈트라우스의 「네 개의 마지막 노래」를 들었다. 「봄」「9월」「잠이 들 무렵」을 연달아 들었지만 잠은 오지 않고 온몸이 그냥 더워왔다. 자라투스트라의 말만 믿고 감동했던 작곡가의 외침은 목이 쉬고 마지막에서야 고백하는 따뜻한 안식의 노래. 안나 네트렙코의 목소리가 피곤한 가구까지 덮어버린다. 안나와 만나는 밤은 깊고도 넓다.

그래서 나는 떠날 수밖에 없었다. 아무리 말해도 변명이라고 비웃겠지만 그 사이로 세월은 흘렀고 나도 흘렀다. 팔순 나이에는 다른 이들의 말과 삶이 밝고 싱그럽고 매혹적이다. 서울서 들고 온 잡지를 펼친다. 어려운 시나 소설을 넘기고 나니 18세기의 장 자크 루소가 철학적, 문학적 실패를 확인하며 쓴 생애 마지막 글이 앉아 있다.

「고독한 산책자의 몽상」이라나, 더 이상 형제도 이웃도 친구도 없는 나, 그런데 모든 것에서 떨어져 나온 나는 무엇인가고 묻는다. 첫번째 산책부터 열번째 산책까지 간다. 마지막 질문은 어떻게 사라질 것인가. 표정이 불확실한 단어들이 살피는 자의 독백 속으로 사라진다.

세상에는 도대체 몇 개의 마지막이 있을까. 마지막이 왜 무게를 가지는가. 18세기에는 산책을 하다 마지막 글을 만났고 20세기 초에는 곡진한 마지막 노래를 들었다. 바람 불어대는 21세기에 나는 단지 녹슨 잠을 구걸할 뿐이다. 길게 보면 시차에 적응한다는 것은 지상의 내 자리를 찾는다는 말인가. 지친 몸으로 찾아 가는 변경된 주소는 서초구의 우면당 옆집에서 들었던 가야금의 진한 농현이나 김경아의 피리 솜씨를 따라갔던 곳이었나. 어느 만남에서야 헝클어진 내가 모든 시차를 극복하고 진정한 현장이 될 수 있을까. 믿기지는 않지만 언제쯤 우리는 편견까지 넘어 한 몸이 될 수 있다는 것인가.

정신 차리고 정진하여 며칠 후 이 밤낮에 적응한 뒤에

다시 정성과 애원을 모으면 몇 년의 시차도 극복할 수 있을까. 좀 길지만 돌아가신 부모님을 만나 생전의 불효를 용서받을 수 있을까. 내 마지막에도 세상은 쉬지 않고 흘러갈 것이고 나는 움직이지 않고 길어지는 시차만 보고 있겠지. 스쳐가는 모든 영혼을 쫓아가 잡는 것이 점점 힘들어진다. 저기 지나가는 마지막 시차들, 오래된 초인의 시대도 가고 편한 벌판의 지열만 우리를 끝까지 위로해주네. 내 몸은 그간 어디에 있었지? 허술한 모든 변명이여, 멍에여. 질긴 마지막은 그때서야 끝나고 어지럼증 하나 없이 환한 생명들이 우리와 함께 같은 길을 가는구나.

동생의 도시

잘 있었니? 초여름에야 네가 피었구나.
피자마자 비에 젖는 속절없는 오후,
헤어진 도시가 싫어 나도 떠났지만
자주 찾아오지 말라고 말하는 건지
귀에 익은 소리로 콧노래를 하는 건지,
정태춘의 박자로 땅을 적시는 비.
반복되는 주문도 다 알아들을 수 없구나.

착하고 쓸쓸한 도시를 지우는 비문,
언젠가 우리도 지워지고 말겠지만
고인 물은 냄새나고 부패하고 변한다.
눈부셨던 날도 흘려보내야 반짝이며 산다.
저기 멀리에 젖은 땅이 끝나는 근처,
하늘이 시작하는 희미한 경계에
우리가 헤어질 수 없는 순간이 보인다.

한나절의 비는 저녁 무렵에야 끝나고
그친 곳에서 명지바람이 일어난다.
바람을 타고 오는 싱싱한 숨결들이

오늘은 순한 저녁 황혼이 되었다.
주황색 도시가 눈부신 축제를 연다.
사방에 퍼지는 장엄한 일몰, 용서해라,
사랑하는 방법을 내가 몰랐구나.

시간의 그늘에서

봄꽃을 넋 놓고 보는
애잔한 마음아,
빨리 늙어라.
먹구름보다 무거운
이별도 참을 수 있게.

봄비의 한숨도
가슴 아파지는
안개의 여운도
아무도 적시지 마라.
만남도 헤어짐도
긴 잠이 들게.

바람 불자 쓸려간 꽃은
어디를 헤매며 울까,
불면의 향기만
어둡게 퍼지고
대답이 없는 길,
부디 잘 가시게.

노을의 주소

50년도 더 전, 외국의 병원 응급실에서
안경을 낀 얌전한 백인 할머니는
아무래도 내 실수로 죽게 한 것 같다.
기진맥진의 고운 얼굴을 잊지 못한다.
만리타국에 온 지 일주일도 채 안 되어
내게 익숙지 않은 심전도를 잘못 읽고
응급 처방이나 시술을 잘못했던 것인지,
병실로 옮기는 사이에 돌아가신 게
아무래도 내 탓이 틀림없다.
(이름이라도 기억하고 있어야 했는데)

그런데도 시치미 떼고 좋은 의사인 척,
흰 가운과 미소로 부끄러운 몸을 가리고
사흘 만에 돌아오는 당직 때는 밤새도록
기억에도 없는 주검을 청진기로 확인하고
사망진단서를 써주고 부검을 보면서, 조금씩
예감에 찬 내 청춘이 진한 핏물에 물들어갔다.
자신만만했던 굳은 심지는 멀리 떠나버려
밤새우고 병원을 나오는 여명의 공간을

왜 캄캄한 지하실로 내려간다고 느꼈던 건지.

숨은 쉬고 살았던가, 절망하던 탄식의 날들,
시간 조금 나면 텅 빈 병원 옥상에 올라가
입고 있던 가운을 조금씩 찢고 또 찢었지.
눈물이 배 속부터 터져 나오는 경험도 하면서
그해에 내가 찢은 가운은 몇 개쯤 되었을까.
돈이 없어 귀국은 입속에서만 이루어지고
죽음이 눈 부릅뜬 불면 속을 헤매던
어느 날 저녁이었지, 옥상에서 우연히 본
산 뒤의 먼 곳, 소리 없는 노을, 그 꽃!

서울서 본 노을이 펴지면서 약속해주었지.
아버지, 어머니가 그 노을 안에 살아 계셨다.
그날 이후, 나는 다시 살기로 결심했다.
내 나라도 보이던 따뜻하고 편한 그 색깔,
아직도 어디에서 편히 살고 있겠지.
노을의 집 주소는 고국의 어디쯤일까?

화가 에드 호퍼의 겨울

사십대가 지나서야 눈치 보며
그림 그리기를 시작한 겨울 저녁,
유행이나 사조에도 속하지 못한
무거운 외투를 걸친 뉴욕의 추위 속에
우울증과 불면증이 함께 쌓여서
무거운 어깨가 철근의 눈에 덮인다.
보도에는 늙은 나이들이 하나씩 눕고
말 없는 자는 창백한 얼음이 되어 산다.

에드워드 호퍼의 술집을 나와
외투 깃을 황급히 올리고 걸어도
고개 숙인 건물들은 나를 밀어낼 뿐,
몰두했던 세월의 골절만 신음한다.
오늘도 세찬 겨울의 뼛가루가
정신 차리라며 내 빰을 치는 도시,
멍든 공기가 어둡게 보도를 덮으며
쉬 쉬 소리를 내며 얼고 있다.

오래전 내게도 열정이 넘쳐났었다.

인연은 혈연만이 아니라고 하지만
한 가지도 현실로 실현되지 않았다.
아직도 무표정의 골목을 건너는 화가,
가능성의 눈짓도 없이 사라지는 화가.

잡담 길들이기 21

20세기 프랑스 화가 조르주 루오의 그림은 고등학교 미술 시간 때부터 가슴에 한동안 머물다 사라졌지만 대학을 나오고 군대를 마치고 외국에 쫓겨 나와 기가 죽어 살 때 우연히 다시 만났지. 아무도 없어 춥기만 하던 미술관에서 갑자기 만난 루오의 원화는 나에게 살 힘을 주었지. 주눅 들어 푹 떨어져 있던 고개를 오랜만에 바로 들게 해주었지. 내가 본 그림은 피곤에 지친 예수가 고개를 숙이고 외로워하는 판화였는데. 아, 드높은 당신도 나처럼 슬프고 쓸쓸했었구나, 내 뼈에 아프게 새겨진 깊은 외로움을 당신만은 벌써 경험하고 다 알고 있었구나.

이십대 후반에 만난 그 슬픈 얼굴은 혈육을 잃고 외국에 나와 헤매던 나를 살려주었지만 그 후로도 50년 이상 계획도 염치도 없이 기대고 살아온 기둥도 바로 당신이었구나. 당신은 내게 말했지. 세상은 어차피 차고 외롭고 쓸쓸하지만 기운을 차려야지. 손잡아줄게. 그래서 당신은 텅텅 빈 내 얼굴의 눈물까지 닦아주었구나. 모든 것을 놓고 신비한 저녁노을빛 멀리에 서 있는 십자가. 나도 조르주 루오같이 조용히 걷고 싶었다. 그 간단한 구도와 신비한 색깔까지 드디어 깊이 이해되고 거친 마티에르가 내 가슴의 깊은 상처를 모두 치유해주었다.

그렇구나, 세상은 간단한 것이었구나.
멀리 보이는 작은 남자 몇, 여자 몇.
해는 지고 어두움은 몰려오는데
어디로 가고 있는 발걸음인지
이제는 나도 확실히 알겠다.
당신의 사랑만이 가없다는 것,
어두움에 젖어가는 기도가
생각에 잠겨 내게 온다.
찾아가는 곳이 어디냐구?
거기는 희망이야.
당신을 만나겠다는 희망,
나를 위해 오늘도 서서 기다리는
피곤한 당신을 찾아가는 저녁녘.

잡담 길들이기 22

나이 드니 별게 다 더러워지네. 내 눈동자에는 먼지가 끼고 오고 가는 착각에게도 물리고 뜯겨서 두 눈이 점점 잘 보이지 않네. 어차피 곡절 따져가며 세밀하게 보아야 할 세상도 아니어서 그런대로 살고 싶은데 주위에서는 이것도 저것도 안 보이느냐고 놀리고 타박을 하네. 에라, 모르겠다, 미루고 기다리다가 두 눈의 백내장 수술을 하기로 했지. 한쪽 눈을 수술하고 다른 쪽과 비교하니 시야가 이렇게까지 다르구나. 이왕이면 수술한 눈같이 내 몸도 다시 밝고 싱싱하게 나머지 세상을 자세히 살고 싶네.

나이가 들어가니 눈이 제 역할을 잘하지 못하고 귀 역시 부실해서 자주 딴청을 하는데 누가 말은 안 해도 냄새 맡는 것도 부실하고, 입맛도, 피부의 감각도 순도가 많이 떨어져 있겠지. 거기에 뇌도 예외일 수가 없으니 당연히 사고의 질도 사리 판단도 앞뒤가 흐려지고, 틀리게 기억하면서 고집불통이 되어가는구나. 아, 그래서 나이 들면 우리들의 깊은 안을 흔드는 힘도 우리를 간절히 부르는 목소리도 느끼지 못하는구나. 나는 평생 의사였기에 인간의 인지 능력이란 것도 감각이란 것도, 잘 믿지 못한다.

누가 뭐라고 했지?

확실히 누가 무슨 말을 했지?

보이지 않는 것을 보는 자가 사람이고

들리지 않는 것을 듣는 자가 사람이고

황홀이고 구원이다.

가슴에 백내장이 끼고

심장에 백내장이 끼어

아무것도 느끼지 못하는 자가

진짜 큰 장님이다.

그렇고말고, 시력도 청력도

그리고 모든 감각이, 마침내

문 닫아걸고 떠날 차비를 하는구나.

새의 안부

아냐, 아냐, 아냐.
죽은 내 동생일 수가 없어.
밤을 이겨낸 오솔길을 걸으면
나뭇가지를 옮겨가며
나를 향해 우는 새.
애타게 알은척하며 부르는,
아냐, 아냐, 그럴 수가 없지.
죽은 지가 얼마나 되었는데……

아무리 다시 다짐하고
고개를 숙이고 고개를 저어도
갑자기 새소리 그치면 기절할 듯
머리 들고 사방을 찾아 헤매는,
아냐, 아냐, 동생일 수는 없지.
새가 떠난 방향의 빈 하늘,
가슴 아픈 새를
따라가는 저 바람.

다행이다

왼쪽 다리가 언제부터 저릿저릿 아프다.
해가 갈수록 아픈 게 더한 것 같다.
척추관협착증인가, 뭐라더라, 수핵탈출증?
어쨌든 늙어 생긴 퇴행성 변화가 틀림없어.
그래도 은퇴를 한 뒤니 얼마나 다행이냐.
잘 적에는 아프지 않으니 얼마나 다행이냐.
절뚝이지 않고 걸을 수도 있으니 얼마나……

나이 들면 어디가 아픈 것은 흔한 일인데
그게 사람을 좀 겸손하게 만드니 다행이다.
물론이지, 부자가 못 된 것도 다행이다.
냉동 생선같이 차가운 눈을 안 가져도 되니까.
힘이 달려 생각을 천천히 하는 것도
조금은 조용히 말하고 느리게 행동하는 것도
나이 들어가는 내 안이한 머리에는 다행이다.

제일 다행인 건 들은 듯한 곳으로 향하는 걸음,
그 길에서 가끔 들리는 따뜻한 음성의 위안,
누구는 그게 다 생각 나름이라고 하지만

그래도 기댈 곳이 늘 있으니 다행이다.
어둠 속에서 혼자일 때, 세상을 헤맬 때
손잡아주는 동행이 있으니 천만다행이다.

침몰하는 바다

모두들 숨죽이고 잠이 들었다.
깨어나지 못해도 후회는 없다.
흘리고 간 말들이 반짝이고
집 없는 자들이 고개를 든다.
안개가 두 손 잡고 별이 되었다.

바다 앞에 서서도 요즈음에는
바다가 조금밖에 보이지 않는다.
나머지는 실속 없는 소리의 파도들,
갈매기도 날개 속에 머리 파묻고
울지도 않고 움직이지도 않는다.
버릇이 된 파도의 무심한 율동은
부질없다는 말 한마디를 하기 위해
머뭇거리며 주위를 적셔왔구나.

해안의 나무도 쉽게 잠들지 못하고
추위에 떨며 긴 밤을 지새우고 있다.
그대가 고생한 병든 시대의 항구는
소식도 없이 오래전에 떠나왔는데

내 몸의 한기는 부유하는 가책일 뿐.

이제는 이별의 손을 놓아야 할 순간,
수면에 남은 말들은
젖은 소금이 되고
바다의 대문을 열고
어린 얼굴을 내미는
눈에 익은 꽃들.

늦가을 감기

감기에는 무슨 바이러스도 문제지만
약한 면역력이 더 큰 이유라니
산을 넘어가는 저 바람을 잡아
내일의 행선지를 우선 물어봐야겠다.

끝없는 어지럼증이 머리 뒤에서 돌고
신열과 한기가 가슴을 싸고 흔드는데
꽃이란 꽃은 시들어 땅에 지는 소리가
사방에서 울려오는 심한 이명이었구나.

사연이 없는 생이 어디 있으랴.
곡절을 물으면 모두들 한나절일 텐데
눈감고 떠나는 마르고 작은 꽃씨같이
빨리 늙어 확실한 길을 걷고 싶어서
젊었던 나이가 힘들었던 나여.

밤새 잎을 다 털어버린 나뭇가지들
얼어가는 두 팔에 소름이 돋았다.
가을은 그 빈 나무에게 그늘을 내주고

아무도 없이 늙기만 기다리던 내게는
단풍과 낙엽이 가는 길을 보여주었다.
나는 더 이상 마을을 떠나지 못했다.

감기는 그렇게 내게 왔다.
저녁녘이면 문을 닫아걸던 꽃들이
문도 못 닫은 채 힘없이 고개 숙이고
우리 손잡고 잠자지 않을래? 물었다.

그건 그냥 도움을 청하는 말이었을까,
우리라는 말에 홀려 우리를 마주 안고
드나드는 면역과 병균을 주고받았다.
감기 열도 칼바람 앞에 서면 물러가겠지,
살아갈 날들을 두 손으로 꺾고 싶었다.

3

아내의 꽃

어떤 나무는
크고 탐스러운 꽃을 만들고,
어떤 꽃나무는
꽃잎의 색깔에 관심이 많아
힘찬 기운의 원색이나
천 개 색깔의 조화를 수놓아
한 가지의 꽃만으로도 눈이 부신데,
어떤 꽃나무는
간직할 향기에만 전념해
지나가는 길목에서도 언뜻
황홀하게 만나는 유혹.

그런데 어떤 꽃은
듬직한 나무도 거느리지 못한 채
살아 있는 것만도 기쁜 듯
크기도 색깔도 향기도 별로 없이
맨날 싱겁게 웃으며 흔들거리네.
그런 꽃들을 보면
편안해지고 만만해지고

따뜻해지고 느긋해져서
어깨가 다 가벼워지는데, 그래서
아마도 당신의 꽃이 아닐까 하니
그 적적했던 여정이 민얼굴이라며
은근한 꽃의 손으로 나를 반겨주네.

아침 산책

오염된 인파가 떠나고 유배의 심정으로
긴 안개 속을 무심한 시선만 믿고 걸으면
모여 사는 참나무나 배롱나무의 숨소리로
힘들여 눈뜨는 나이 든 바람들아,

지난밤, 삭막한 풍경만 안고 산다며
나무들 서로 걱정하며 말 나누던 자리에
숨 쉬어낸 입김들, 텁텁하고 질긴 산소가
조금은 탈색된 채 걸맞게 익어 있다.

잘 익은 산소여, 그래도 살아 있다고
너를 마신다. 주름살 깊은 맥박이 뛴다.
살아 있는 체온을 나누어 가지는 이 아침,
체온이 없는 시는 죽은 시라고 말해준
언제나 내 편이 되어주는 상처의 저 나무.

움직이고 숨 쉬는 것만이 사는 게 아니다.
나이 들수록 놀랍게 너그러운 날들 많아지고
쉬어갈 나무 그늘이 한 아름씩 늘어난다.
나무의 손가락이 심장의 중심을 위로해준다.

월요일의 그림자

월요일에는
누구나 떠난다.
꽃이 지듯
모두들 진다.

우리는 또 지고 말았다.
주말은 전쟁터였고
해가 바뀌어도
실패는 변하지 않았다.

빈자리마다 그림자가
제 몸을 열어놓고 있다.
늘 조심해 가야지, 조그만
실수로도 그림자는 찢어진다.

실종된 나를 찾아
세계를 헤매는 동안
집 안에 숨어서 두 손으로
나를 키워준 그림자,

감추어둔 과거의 전부를
고백하기로 다짐한다.

지난 몇 달, 정확히는
올여름 내내, 내가 버린
시간들을 끝내 추수하겠다.
그 낱알들을 잘 말려서
털고 다듬어서, 이 땅에
정성으로 심고야 말겠다.

젊고 싱싱한 단어는

1

젊고 싱싱한 단어는 젊은이들이 가져가고
노회한 단어는 머리 굴리며 냄새만 피우고
누추하게 나이 든 단어만 나른한 소리 연발하며
눈이 어두워진 내 주위를 맴돌고 있네.
어디서 파릇한 단어를 찾아 노추를 숨길까.

젊은 단어들은 매일 새벽부터 일어나
이슬을 차면서 힘차게 일터로 떠나고
늦저녁에야 뜨거운 입김을 뿜어내며
펄펄 살아 날뛰는 시들을 한 묶음 안고
아끼는 사람들을 힘차게 포옹한다.
내가 비집고 들어설 곳은 없어 보인다.

이제 나는 한밤에 달이나 열심히 바라보다 달이 하는 말이나 받아 적고 아니면 호박꽃이 피면서 하는 말, 하다못해 배추밭에서 몸을 흔들며 웃어대는 배추의 웃음이라도 몰래 받아보아야겠다. 그것도 잘 안 되면 한여름 과

수원의 사과가 시끄럽게 떠드는 말들, 그 말들을 다 걷어 한동안 곱게 응달에 말리면 될까. 그 말에서 나오는 열기나 습도를 식히고 말리면 가을 햇살에 잘 말린 고추처럼 빛나고 매운 단어를 만질 수 있을까. 냉장고의 야채나 과일은 언 지 오래되어 말리면 부스러질 터이고, 머리를 굴려 만든 단어들은 시작부터 눈치나 볼 터이니 안 되겠지. 나이 들어 살아 있는 단어를 찾는다는 것은 참으로 난감한 일이다.

2

그리운 곳은 사실 다 변해버렸다.
몸 안에 소중하게 지니고 있던
젊었던 날의 밝고 힘찬 기운도 떠나고
유유자적하던 내 혼까지 침침하게 흐리다.
그늘에 가렸나, 당신도 잘 보이지 않는다.

이웃이 외면하는 것을 이제야 눈치챘다.

낚싯바늘같이 거북하게 목에 걸리는
아픔 같은 단어, 아쉬움 같은 단어,
밤이 되어도 산천은 더 맑게 깨어 있다.
아니면 내가 잠들지 못하는 것일까.
당당하던 등이 굽어지고 밤이 길어진다.

코끼리의 후퇴

기원전부터 황하 유역에서 살던 코끼리가
추위 때문에 양자강 유역으로 후퇴한
서기 2백 년경, 북방 유목 민족도 추위로
천천히 중원 지방으로 남하하였다.
어설프고 끊임없는 이주는 광대하게 역병을 불러
살아남은 이들은 앞뒤 가려보며 모여 살게 되었다.
황하 중류에서는 수나라, 당나라가 뭉쳤지만
그 많던 9백만 호 인구는 2백만 호로 줄었고
인구 감소와 함께 코끼리 수도 반 이하로 줄었다.
남은 코끼리들은 국경을 넘어 더 남쪽으로 후퇴했다.

1861년 열대 태국의 왕 몽꿋은 북쪽에서 피난 온
소중한 코끼리, 젊고 건강한 한 쌍을 우정의 표시로
미국에게 선물로 주겠다고 긴 편지를 썼다.
더운 곳에서만 살도록 해야 한다는 충고와 함께
코끼리가 탈 큰 배와 충분한 물과 식료를 보내라,
중노동이나 전쟁에 써도 좋고 교통편으로 쓰기도 좋다.
편지는 어쩐 일인지 반년이나 걸려 미국에 도착했고
남북전쟁의 와중에 정신없던 대통령 에이브러햄 링컨은

정중하게 거절의 편지를 썼다. 우리는 증기기관이 있어
노동과 전쟁에도 필요 없고 정글이 없어 방목도 못 한다.

그 후에 백 년쯤 지났나? 로맹 가리라는 소설가는
중부 아프리카에서 계속 후퇴하던 코끼리를 만났지.
잔인한 총소리에 신경이 날카로워져 두 귀만 커지고
코끼리 상아를 찾아 눈에 불을 켠 불법 포획자에게
총 맞아 죽고 배고파 죽어간 시든 눈물들을 만났지.
아프리카에서만 매해 3만 마리가 포획되고 죽어갔다니
지난 50년 동안만 해도 코끼리의 피는 강을 이루었겠네.

쫓기는 코끼리는 정글 속 깊은 늪지대로 후퇴한다는데
먹거리 부족하고 새끼들 늪에 빠지고 병들어 죽어서
멸종의 시대가 다가온다는 소문이 요란하게 들리네.
영국의 일간지 『가디언』은 지난 4월 19일 자 신문에서
『사이언스』 지에 발표된 스미스 박사의 논문을 인용해
육상 포유동물 중 제일 처음 멸종될 동물은 코끼리라네.

고대 인도인들이 으뜸으로 존경하던 코끼리는

지구를 떠메고 있는 어깨가 고마워서였고
부처님 어머니의 태몽에 나타난 코끼리나
자비와 위용의 보현보살이 탄 코끼리나, 또는
경전을 등에 지고 동쪽으로 온 코끼리는 모두
우리가 전설처럼 알고 있는 지난 시대의 일이라지만
나이 드니 고마운 인연까지 한 줄씩 잊히고 마네.
요단강이나 나일강까지 헤엄쳐 갈 힘이 없다면
감언이설에 속지 말고 내 땅만은 기필코 지켜야지.
언제부터 고개 숙인 코끼리가 후퇴를 멈추었다는 소식,
감추어둔 심장을 꺼내 들고 두 발을 구르는 코끼리!

큰 참나무의 눈

생각 없는 나무인 줄 알았더니
살아 있는 모든 잎이 하루 종일
뜨거운 해만 보고 있구나.
한 톨의 지루함도 피곤도 없이
남의 이목은 다 털어버리고
부신 하늘만 우러르는 나무의 눈.

그 질긴 집중의 열정이
더위를 이겨내는 인내심인지
땀도 한 방울 흘리지 않고
한낮의 평정심과 깊은 믿음으로
나무의 목숨을 껴안고 간다.

나는 생각이 많아서
잠시도 몰두하지 못하고
굳게 믿는다는 것마저도
며칠 몇 달을 가지 않는다.
안절부절의 눈치만 늘어
앞을 막고 내일을 가려버린다.

모두들 떠난 여름 한낮,
수만 개의 잎이 같은 방향으로
돌같이 침묵하는 숙연한 몰두,
여름내 내 스승이 된
순명의 큰 참나무의 눈.

이슬의 기상

—먼저 간 김치수 영전에

살아서 보았던 털털한 모습이
죽어서는 머리 위에서 보인다.
미소도, 목청도, 걸음걸이까지
아침 햇살에 반짝이는
이슬의 기상.

죽으나 사나 명랑하고
가까이 있으나 떨어져 있으나
한길만 고집했던 열정이
그렇게 신통하고 훈훈하다.

햇살에 온몸 반짝이며
크게 미소하는 이슬의 몸통,
아름다움은 시간을 넘는다.
세월의 험준한 담을 넘는다.

이슬이 스러진 다음에 보이는
잘 젖은 풀잎 그림자,
아침이면 부드러운 물이 되어

내 목마름까지 풀어주는

정든 이슬의 멀어진 네 얼굴.

사자는 정말 시인일까

사자는 정말 시인일까? 아프리카의 세렝게티 초원이나 사바나 초원, 아니면 탄자니아나 나미비아 같은 나라에 어슬렁거리며 하루 스물네 시간 중 거의 스무 시간을 잠만 잔다는 사자. 자는 시간 동안에는 자주 꿈을 꾸어야 할 터인데 얼마나 많은 꿈을 저장해놓았으면 그렇게 오래 잘 수가 있나. 꿈이 많고 다양해서 지상의 왕인가, 커다란 사자의 머리에는 꿈만 저장해놓았단 말인가. 쌓아 놓은 꿈은 도대체 몇 개나 되는 걸까. 시인은 꿈이 많아야 한다는데, 꿈이 많아야 좋은 시인이 될 수 있다던데. 정말일까?

그렇게 오랜 시간을 잠자면서도 평균 수명이 스무 살 정도밖에 안 된다니 짧은 수명까지도 천재 시인을 닮은 것인가. 먹는 시간을 빼면 주로 밤에만 깨어나 아프리카 하늘에 펼쳐진 수많은 별들을 본다지. 그런 시간에는 아마도 자기들 말로 웅얼거리며 사자는 시를 읊겠지. 내가 젊었을 적에 시인은 용기가 있어야 한다는 말을 들었지. 사자같이 외로움 앞에서도 당당해야 한다는 말도 들었지. 그게 무서워 나는 일찍 도망을 쳤어. 한데 요즈음에는 용기나 외로움이 더 이상 시인의 필수 조건이 아닌 모양이야.

그러고 보니 우리나라에도 사자가 가끔 출몰했었네. 지리산, 구월산이나 방방곡곡의 산골짜기에서 한밤에 잠깨어 시를 외우던 사자들, 꿈이 많아 손해 보고 고달프게 살던 사자의 꿈은 눈물에 젖어 있었고 땀내가 진동했었지. 늘 명랑한 나라를 그리고 시를 쓰며 살기를 원했지. 이제 그들은 통째로 우리의 시가 되고 땅이 되었지만 잃어버린 용기와 꿈은 어디에들 살고 있을까. 용기 있는 시인만 죽어서 별이 된다고 했지? 그 별들 바라보며 한밤에도 포효를 가다듬는 삼천리강산에 이름 없는 시인들, 사자들.

안동행 일지

식물병리학 이순구 박사를 만난다고
아침 일찍 청량리역까지 택시 신세를 지고
크게 달라진 몇 개의 입구에서 허둥대다
중앙선 안동행 무궁화호로 양평을 지났지.
가을 색이 어디쯤 내려가고 있는지 궁금해
열심히 밖을 보니 밖이 언제 왔냐며 손 흔드네.
원주, 제천을 거쳐 단양, 풍기, 영주를 지나
낮은 산 사이에 아담한 안동이 앉아서 반긴다.
역 앞에서 두 분을 만나 첫인사를 나눈다.
내가 살았던 마을같이 만만한 정이 넘친다.

광산 김씨 종택의 큰방에다 짐을 풀고
한석봉의 현판이 의젓한 탁청정에 앉으니
안동 소주 생각이 전혀 허풍만이 아니다.
마을을 걸어 고목이 정다운 오솔길 저녁
천등산 봉정사의 천 년 넘은 극락전에는
벌써부터 성질 급한 낙엽이 하나둘 진다.
해진 기둥에서는 천 년 묵은 공기가 만져진다.
색깔 옅은 공기가 오래 숙성되어 향이 좋다.

박사는 우리를 인도해주며 행복하시다지만
그 미소가 귀중한 보석처럼 보였던 이유는
착한 아드님을 잃은 큰 아픔을 감춘 때문,
그 가슴 아직 여려서 내가 손대지 못하겠네.

군불이 뜨거운 윗목에서 늘어지게 잠자고
서리 맑고 차가운 아침 마을 모습이 궁금해
중천까지 느린 걸음으로 이곳저곳 기웃거렸다.
이 박사에게는 올해도 가을이 오지 않겠지.
그분의 멈춘 생에 내 어깨라도 빌려주고 싶다.
낮술로 마시다 남은 소주병 든 채 멀리를 본다.
얼굴도 모르는 아드님이 웃는 소리가 들린다.
나 대신 안동 국시를 누가 먹었는지는 알겠다.
아무에게나 차례가 오는 것은 아니겠지만
이승을 하직한 후에는 안동에 와 살고 싶다.

기도해주어!
—내 친구 규창이에게

뇌졸중으로 갑자기 반신불수가 된
내 오랜 친구를 병문안 갔더니
친구는 침대에서 움직이지도 못하고
성한 한쪽 손으로 내 옷을 꽉 잡은 채
간절한 목소리로 내게 소리쳤다.
기도해줘! 야, 기도해주어!

착하고 정확하고 누구보다 똑똑하던
나라 최고의 외과 의사로 이름 날리던
그 명성만큼 애타게 눈물 흘리며 말했다,
기도해주어! 종기야, 부탁해!
물론 나에게만 청한 것은 아니었겠지만
나같이 얕은 신자의 기도발은 약하고
네가 잘 듣도록 큰 소리 내는 기도가
두서없을 것을 네가 이해해준다면……
그래? 친구야, 암, 물론 하구말구.

하느님, 내게까지 기도를 부탁하는 이 친구,
살려주세요. 늦었지만 드디어 당신을 찾는

이 친구의 지향을 다독여 위로해주세요.
내 기도가 어느 틈에 몸에 스며들었는지
문득 네가 천천히 만족한 듯 웃더구나.
그런데 나는 오히려 눈물을 흘리고 말았네.

내 성심이 약해 친구의 차도는 별로였지만
반년 만에 귀국해 찾아가니 명랑해졌고
마음도 편안하다며 모두에게 고맙다더니
3년이 좀 지나서 친구는 세상을 떠났다.
고맙다는 게 유언이었고 편안하게 눈감으며
내게까지 인사를 남겼다는 부인의 전언.

그래, 모두 가는 길 우리는 다시 만나겠지.
기도는 살아 숨 쉬는 대화,
문득 귀에 익은 목소리가 나를 향한다.
기도해, 기도해주어!
누구지? 내 안의 그 목소리는.

빨강 머리 앤

전쟁으로 폐허가 된 서울 한복판,
배고픈 시절을 보내던 중학생 시절에
빨강 머리 앤이 홀연히 나타났었지.
빨강 머리털은 한 번도 보지 못했던 내게
주근깨가 한가득이라는 얼굴도 궁금했지.
억울해도 늘 웃고 뛰논다는 앤이 부러워
어린 하늘의 기쁨만 보며 살고 싶었지만
전쟁이 끝난 동네에는 한가득 먼지만 일고
꿈속의 그 애인은 먼 서양에 살고 있다니.

날과 달과 해가 한동안 지나고 내가 늙고
그래도 가슴 한구석에는 앤의 안부가 궁금해
배 타고 버스 타고 찾아간 캐나다 동북부,
프린스에드워드섬의 샬롯타운이란 작은 마을
그 길고 험한 세월은 어떻게 마을을 비껴갔는지
아담하고 조용한 시골길의 가로수들은
줄줄이 빨간 사과를 주렁주렁 달고 섰는데
사과를 보다가 앤의 빨간 머리털을 보다가
마을 바깥 먼지 날리던 고속도로에서 본

어울리지 않게 혼자 서 있던 초라한 목조 단층,
'제주식당'이란 간판만 왠지 가슴에 남았지.

관광버스에서 내려 초록빛 지붕의 기념관,
낡은 학교도 우체국도 시내도 뒷동산 수풀도
옛날 동화의 모습을 그대로 차려놓았는데
앤의 기념비였는지, 작가의 무덤이었던지
비석 둘레에는 싱싱한 꽃다발이 한가득했지.
요즈음에는 어느 땅에 가도 한국인이 살지만
관광객이 줄지어 온다는 동네를 떠나면서
먼지 쓴 제주식당에 가보지 못한 게 걸리네.

초라한 내 어린 날이여,
누가 이곳까지 와서 살게 될 줄 알았을까.
제주도를 떠나 캐나다의 변경에까지 온
방랑벽이여, 혹은 부끄러운 가난이여,
제주식당에서 얼큰한 김치찌개로 식사를 마치고
한국말을 나누면서 주인과 악수라도 했다면
혹시 내가 먼저 소주 한 병을 더 찾았겠지.

내가 사랑했던 앤은 올해로 백열 살이 되었지만
명랑하고 생기발랄한 제주식당에서는
김치 냄새가 빨강 머리를 더듬어 안았겠지, 아니,
앤이 먼저 두부조림을 먹으며 미소했을까?
백 살 넘은 앤은 다시 내 애인이 될 것이고
고향은 이 생이 끝나고 나서
나중에 천천히 찾아가면 되는 곳,
아주 멀어서 보이지는 않지만 따뜻한,
그곳은 가도 가도 기다려주겠지.

아무리 그래도 그렇지

아무리 그래도 그렇지,
지난밤 한참 뒤엉긴 꿈에서
입던 옷만 겨우 걸친 채 허우적
산 넘고 언덕 넘고 풀밭을 헤치고
혼자 살겠다고 도망치는 놈처럼
무작정 달리고 숨차게 달려서
끝내 눈에 익은 사람들을 만났지만,

여기가 한국이지요?
(바다로는 뛰어간 기억이 없는데……)
두어 사람이 뒤돌아보더니
이 늙은이 미쳤나 하는 표정으로
그럼 한국이지. 한국이 어디 따로 있나.
반가운 마음이 턱에 차지만 점잖게
혼자서 회심의 미소를 뒤로 감추고
허리 꺾어 인사하는데 콧노래가 나오네.
확실히 엄청 걸었는데 피곤하지도 않고
기분이 너무 좋아 눈물까지 나데.

깨어보니, 아무리 그래도 그렇지!
그 먼 데까지 무슨 힘으로 뛰었던 것인지.
한데 거기가 정확히 한국의 어디였던지,
아무리 머리를 굴려도 알 수가 없네.
얼마나 멀리 있는 나란데 속옷만 걸치고
풀숲을 헤치고 하루 종일 달려가다니!
내가 도착한 곳은 과연 어디였을까.
그 꿈을 꾼 지가 벌써 며칠째인데
삼삼한 궁금증이 아직도 가시지 않네.

이별하는 새

그럼 잘 가요.
가다가 길 잃지 말고
여린 영혼은 조심히 안고
가야 할 곳 잊지 말고
조심해 가요.

길을 잃고 회오리 속을 헤매며
어디로 가야 할지 당황하다가
나는 눈물까지 흘린 적이 있었다.
먼지만 차 있던 도심의 하늘에서는
눈을 떠도 앞날이 보이지 않았다.
어깨를 누르던 창백한 날갯짓도
아무도 비상의 낭만이라 부르지 않았다.
통증을 참던 사이에 길들은 떠나고
가고 싶은 마을은 이미 문을 닫았다.

죽었다 살았다 하는 미망 때문인지
변화무쌍한 한밤의 별에 취해서인지
앞뒤로 찾으며 날아다닌 방탕한 날들이

바로 살아 있는 생의 흔적이란 것을
나는 오래 모르고 비웃기만 했었다.

어느 인연 아래서건 다시 만난다면
그때는 우선 영혼끼리 인사를 나누고
내 숨소리가 편하게 당신께 가는지,
당신의 체온이 긴 다리를 건너
내게 쉽게 오는지도 지켜보아야겠지.

그럼 잘 가요.
가는 여정이 아무리 힘들어도
부디 아무 상처받지 않기를,
모쪼록 돌아가는 당신의 길이
늘 빛나고 정갈하기를……

남해 밤바다

하느님이 바다를 만들고
사람들이 바닷길을 열었다.
어깨춤 멈추지 않던 목선은
고물을 흔들던 밤바다와 도망가고
목선의 옆구리에서 울던 바람도
잠꼬대 잠시 하다 물속에 잠긴다.
끝까지 목숨을 같이한다던 약속은
어디서부터 길을 잃고 헤매나.

밤이 되니 달도 옷을 벗는다.
목숨을 걸겠다던 말이 아직 부끄러워
물에 젖은 옷이 생각에 잠긴다.
몸이 과연 마음의 그림자라더니
기우는 어깨를 감싸 안아주는
사무치게 번민하던 예민한 달빛,
계획만 세우고 몸을 숨긴 바다는
한밤의 소금이 되어 주위를 밝혔다.

즐거운 송가

아버지도 가을에 돌아가셨고
어머니도 그 뒤의 가을이었지, 또
귀한 내 친구도 가을에 갔고.
가을은 청명하고 명랑한 곳,
쉬면서 오르기도 편하고 즐겁겠지,
괜찮다면 나도 가을이고 싶다.

누구는 하늘에 간다고 하다가
눈치 보며 오색 단풍 속으로
깊이 도망쳐 숨어버리기도 하고
누구는 온갖 과일 향기에 속아
멋모르고 과수원에 숨었다는 말.

이런 날씨에는 노래가 좋은 진통제인데
왜 몸 안의 빈터들은 어김없이 아픈 것일까?
아픈 것의 반대는 행복일까, 불행일까.

아버지는 그 해에도 혼자셨고
어머니도 출퇴근하시며

피곤한 눈길을 내리셨지.
그러니 나도 속이 가벼워졌고
그러니 아직도 날아갈 수 있다.
저 소리는 당신의 영원인가, 아닌가.
감추어둔 내 안의 물길이
끝없이 흐르는 황홀하게 빈 날.

자화상 2

스무 개가 넘는, 같은 크기의 자화상을
제1실에서부터 일렬로 하나씩 보다가
미안하고 힘들고 기가 막혀 한숨을 토했다.
얼마나 가난했으면 모델료 줄 돈이 없어
이렇게 계속 자화상만 그리고 또 그렸나.
화가 반 고흐는 지겹지도 않았을까.

나는 몇 번이나 온 힘과 정성을 다해
세상과 문학을 몸으로 밀며 살아보았나.
부끄러워 암스테르담 그의 미술관에서
진땀 흘리며 살아온 길을 뒤돌아본다.
어디선가 나를 둘러싸는 허영의 비명.

(습기 찬 열병에 가슴 떨며 살던 자는
자신을 알고 싶어 자화상을 그렸다는 변명,
애인도 이웃도 없는 서른일곱 나이에
오베르의 어두운 이층 방에서 그가 죽었다.)

오늘도 살아 있다! 어느 신문 기사같이

얇고 매끄럽게만 살아온 자의 빈 무게,
해마다 날마다 일정 맞춘 계산으로
줏대 없이 살아온 방향 잃은 야성들,
지상의 날은 얼마 남지 않은 것 같은데
어디 가서 누구에게 내 길을 물어볼거나.

천사의 탄식

기댈 곳이 정말 없네. 어디에 누워도 메마른 신음, 어디에 가도 목이 막힌 주검들. 지친 몸 쉴 곳 없는 낯선 땅이 내 상처였지. 창궐하는 역병은 세상을 찌르고 사람들은 수없이 죽어서 쌓이고 매장할 곳도 화장할 곳도 없다는데 60년 전 시인이 되겠다고 한 건방진 약속, 늦었지만 이제 취소합니다. 숨 쉴 곳 찾는 것이 우선입니다.

당신이 잘 보이지 않는다. 이 집을 떠나면 반가운 나라가 보이고 그곳에서 모두 함께 만나 울면서 춤춘다는 말도 차츰 무서워진다. 어떤 표정으로 당신을 맞이해야 할까? 바다의 별같이 화려할 수는 없겠지만 준비 없이 고통받기 두려워 한 발 물러서면서도, 당신을 사랑하고 있다는 모순. 미워하지 않겠다는 다짐도 잡히지 않겠다고 도망 다닌다.

나는 욕심이 크지 않고 남을 돕고 싶어 하는 사람인 줄 알았지. 내 열병만 참으면 되는 줄 알았지. 벌거벗어도 아름다웠던 날이 있었지만 이제 무엇을 더 피하고 무엇을 더 감추어야 편안해질까. 어느새 세대에 찟긴 바람도 멎고 내 영혼이 당신께 귀 기울입니다. 어려운 일곱 마디 말을 다 듣고 나서야 헐벗은 당신 윤곽이 차츰 분명해집니다.

한때는 나도 들꽃과 바람에 어울려 살았지만 당신이 피 흘리며 배척당했던 곳은 먼지와 빈 흙과 돌무더기, 아직도 인간의 짐을 지고 돌산에 오르고 있다고 믿는 그 길을 나도 허기진 채 걸어보았지요. 오랫동안 외로웠다고 이제는 말해도 될까요? 헐벗은 마을에서는 내 유일한 유희를 함께해줄 이가 없었지요. 듣지도 않고 모두들 가버렸습니다.

젊었을 적 밥 딜런이 바람 속에 답이 있다고 웅얼댄다. 몇 번이나 고개를 들고 찾아야 진짜 하늘을 볼 수 있느냐고 묻는다. 그래, 나도 평생 고개를 수없이 들어보았다. 나이가 들어서야 큰 것은 단순한 것에 스며 있다는 것을 눈치챘었다. 해는 저물고 세월은 너와 나 사이로 흘러가는데 그 하늘은 아직 높고 멀기만 하다.

시체 해부로 밤을 지새우던 의대생 시절에 나는 당신이 주는 양식을 간단히 거절했지요. 나 혼자 살 수 있다고 믿었으니까. 그 냄새의 세월이 가고 내 나라에서 쫓겨난 뒤에야 내가 배고픈 인간이란 걸 알게 되었지요. 저쪽 골목을 돌아 세상에 왔을 때 눈물진 당신의 양식을 먹고 나서야 겨우 연명할 수 있었네. 가난하고 끝없는 내 피난처여.

오른쪽 뇌에서 쏟아진 자연과 자유와 느슨한 감성은 왼쪽 뇌에 서 있는 물리화학과 피의 기술을 만나 난상 토론 끝에 나를 이룬다. 그 뇌를 조각으로 자르고 남의 심장을 뜯어 쑤시고 복강을 열어보며 배운 것이 인간은 누군가가 만든 신비이고 그 길 끝에서 우리를 집으로 인도해주는 손길. 반성의 기미만 내 유서가 되어 고개를 깊이 숙이네.

밝고 깨끗한 곳이 아니고 어둡고 고개 숙인 골짜기에만 무지개가 산다는 것을 자주 잊는다. 서로 다른 크기와 모양의 꿈이 내 지향이었다. 무지개가 살아 있는 한 당신도 언제고 돌아오리라 믿었다. 저기 고통에 절어 탈진된 채 망연히 서 계시는 이는 누군가. 스타바트 마테르의 노래가 들린다. 고통을 이겨낸 배경으로 찬란한 무지개가 선다.

거의 끝나가는구나. 다리를 끌며 앞서가는 이, 눈에 익은 뒷모습이 반갑다. 살아오면서 자주 들었던 한숨 소리는 더 이상 기대하지 말라는 게 아니었구나. 쓰러져 피 흘린 자에게 들리던 탄식은 다시 시작하라는 신호. 눈을 뜰 줄 몰랐으니 한숨의 의미도 몰랐던 거지. 우리는 결국 다 함께 일어난다는, 다정하게 들리는 저 천사의 탄식!

모든 골짜기는 메워지고 높은 산과 작은 언덕은 눕혀지고 굽은 길이 곧아지며 험한 길이 고르게 되는 날*이 오고 있다. 어렵던 미적분도 다 풀었고 산을 넘던 일몰도 멈추어 섰다. 이제는 생애의 성사를 받을 시간, 수많은 죄와 회한을 기쁨으로 바꾸어주는 당신께 다가간다. 지는 노을 속에 자욱한 영혼들, 천천히 날아오르는 오, 부끄러운 내 몸.

* 「누가복음」 3장 5절.

장미, 요한이 살던 마을

내가 가짜라는 게 드디어 발각되었다.
옅은 화장의 인기에만 목매던 청춘
불안한 세속의 폭죽들이 함께 일어나
글썽이는 내 그늘을 잠시 밝혀주고
바람의 추억이 되어 집을 떠났다.

돈냄새, 떠다니는 향수 냄새 때문인지
직각이 너무 많은 과학의 나라에서
에너지는 질량의 속도라는 공식 안에서
허술한 모습으로 매일 꿈꾸는 자,
엉뚱한 세상을 말하던 요한을 좋아했다.

다음 날은 여름 해가 실성한 듯 웃으며
그가 사는 가난한 마을을 둘러쌌다.
전생인지 후생인지 확실치 않은데
제일 착했던 요한이 치매에 걸렸는지
천하고 무식한 외로움을 다 털어버린다.

가슴이 자주 아프다.

장미는 무슨 병으로 죽었을까.
신음도 남기지 않은 가난한 이별.
마을에 살던 풍문도 다 떠났는데
내 곁으로 다가온 드문 숨소리.
가슴을 춥게 만드는 너는 누구니?
젊은 날처럼 외로워 보여도
더 이상은 가볍게 살 수가 없었다.

아픔이 하늘의 광채가 된다.
그 조그만 돌섬을 헤매면서
당신의 목소리 말고는
아무것도 알아보지 못했다.
1년에 두세 번 만나는 아이들은
내 시도 내 나라도 잘 모르면서
고국에 묻혀야겠다는 내 말을
시큰둥 반쯤은 농담으로 넘긴다.

비가 오다가 날이 개어도
남아 있던 비들은 모여

무지개를 만들었다.
장미가 죽고 있는 이곳에서
다시 한번 태어나고 싶다는 요한,
자주 듣던 천사의 날개 소리는
당신의 입이 되어 말해주었다.
사랑은 언제나 젊어서
우리를 눈부시게 했다.

다시 만나야 하니까

우리는 다시 만나야 하니까
기다려주어요.
숨지 말고 감추지도 말고
표정도 변하지 말아요.
목표가 다를 수는 없겠지만
반가워 웃을 때는 젊은 얼굴일까,
오래 참아와서 우는 얼굴일까.

살아 있는 것만이 향기가 아니네.
하나둘 눈뜨며 반기며
가슴에 품은 씨에서 싹을 틔운다.
꽃씨들은 모두 가벼워 물에 뜨고
어지간한 몸이면 멀리까지 날린다.
잊히더라도 더 가벼워지라는
생경한 깨달음의 아픔,
가장 낮은 자세는, 여보세요?
어디에 다 모여 사나요.

다시 만나야 하니까

모르던 세상이 혼자 길을 연다.

내가 죽도록 원하던

시작이 가득한 내일.

육친을 안는다.

다시는 헤어지지 말자는 말이

오히려 잠을 깨운다.

이별 너머

이희중
(시인, 문학평론가)

1. 추방, 이주

미국에 사는 의사 시인. 마종기 시인의 압축 프로필이다. 이렇게 거두절미하면 선망의 나라에서 선망의 직업으로 살아가는 시인으로 읽힌다. 그러나 그가 쓴 시를 찬찬히 읽다 보면, 이런 첫인상이 실상과 거리가 멀다는 사실을 깨닫게 된다.

> 돈을 빌려 외국에 왔다.
> 밤낮없이 일해서 빚을 갚고
> 돌아가지 못할 나라를 원망하면서
> 남아 있던 외로운 청춘을 팔았다.
> 변명도 후회도 낙담도 아양도 없이

한길로 살아온 길이 외진 길이었을 뿐

—「이슬의 명예」 부분

과연, 시인의 미국행에 예사롭지 않은 곡절이 있었다. 불행의 시작이 갑작스러웠고 수습의 과정은 길고 고단했다. 그의 인생을 물러설 길 없는 "한길" "외진 길"로 내몬 사람들과 세상은 내내 원망의 대상이 되었다. 변명, 후회, 낙담, 아양이 설 자리를 잃는 유난한 '귀양살이'는 어디서 시작한 것일까?

젊은 날, 나도 이를 갈며 옥중 생활을 했다.
어두운 공기와 침울한 벽과 숨 쉬기 어렵던 분노,
어느 나라도 죄 없이 사는 공기나 부들을
강제로 투옥하고 위협하고 짓누를 수 없기를.
아무리 큰 이름이나 이념이나 권력으로도
방심한 남의 생활을 굴복시키지 말 것.
사는 일이 갑자기 힘들고 괴롭더라도
그래도 가두지는 말 것, 때리지 말 것,

—「투옥의 세월」 부분

불법 연행, 강제 투옥, 이념, 공권력, 고문 등 날 선 낱말들은 젊은 시인의 삶을 뒤흔든 1965년의 일을 가리킨다. 한일 회담 반대 서명 문인들에 대한 군사정권의 보복이었다. 이때 시인이 군인 신분이어서 뒤탈이 더욱 거칠었다. 이 일의 소상한 경위를 독자들이 시인의 산문과 시에서 읽게 된 것은 오래지 않은 일이다.

2. 시인, 의사

국가 권력이 은밀하게 강제한 국외 이주라는 초기 조건을 가리면 자연인 마종기의 생애와 시를 온전히 이해할 수 없다. 이 사건을 계기로 윤곽을 갖추어가던 생계와 문학의 꿈은 헝클어졌고 이십대 후반의 젊은이는 빈 몸으로 낯선 땅에 던져졌다. 이어진 그의 '길 찾기'와 '집 짓기'에서 다행스러운 점은 의사와 시인의 길을 이어갈 수 있었다는 사실이다. 그래서 시인의 보폭은 유지되었고 고국의 독자들은 그의 시를 계속 읽을 수 있었다.

의사와 시인. 다 높은 정도의 몰입을 요구하는 직업이다. 대개 재능이 남는 전문직 희망자는 남는 재능을 취미로 낮춤으로써, 비범한 예술가는 생계를 소홀히 함으로써 집중을 도모한다. 마종기 시인은 둘을 함께 감당하였다. 의사로서 겪은 체험은 시의 자양이 되었고 모어母語 시인의 정체성은 이국에서 겪는 고독과 향수를 달래주었다.

실컷 배웠던 의학은 학문이 아니었고
사람의 신음 사이로 열심히 배어드는 일,
그 어두움 안으로 스며드는 일이었지.
스며들다가 내가 젖어버린 먼 길.

—「신설동 밤길」 부분

지인들을 만나기로 약속한 장소를 찾아가는 고국의 천변, 어두운 길에서 시인은 생애를 돌아본다. 의학은 차가운 과학의 영역이지만 시인은 자신의 직분을 이 울타리 안에 가두지 않고, 사람의 병든 몸을 들여다보고 치료하는 일을, 뭇사람의 한숨과 애환을 깊이 만나는 계기로 삼았다. 질병으로 균형을 잃은 사람의 몸을 과학의 원리로 이해하려는 한편, 몸의 고통과 마음의 낙담을 치유자, 조력자, 삶의 동료로서 위로하는 일을, "신음 사이로 열심히 배어드는 일" "그 어두움 안으로 스며드는 일"로 말할 수 있으리라. 배어들고 스며드는 일은 두 영역의 경계를 허물고 서로 섞는 것이다. 이는 "스며들다가 내가 젖어버"릴 만큼 공감으로 하나가 되는 일이어서 "가진 정성을 다해 사랑하는 것"과 다르지 않다. 마음을 나눈 환자의 모습에서, 이제 헤어져 그리운 이를 떠올리는 일화는 긴 세월 마종기의 시에서 친숙하다.

시인은 삶과 죽음의 경계를 넘나들던 사람들과 나눈

인간 보편의 공감을 통해 자신의 직분과 처지를 돌아보는 계기를 얻는다.

숨은 쉬고 살았던가, 절망하던 탄식의 날들,
시간 조금 나면 텅 빈 병원 옥상에 올라가
입고 있던 가운을 조금씩 찢고 또 찢었지.
눈물이 배 속부터 터져 나오는 경험도 하면서
그해에 내가 찢은 가운은 몇 개쯤 되었을까.
돈이 없어 귀국은 입속에서만 이루어지고
죽음이 눈 부릅뜬 불면 속을 헤매던
어느 날 저녁이었지, 옥상에서 우연히 본
산 뒤의 먼 곳, 소리 없는 노을, 그 꽃!

서울서 본 노을이 퍼지면서 약속해주었지.
아버지, 어머니가 그 노을 안에 살아 계셨다.
그날 이후, 나는 다시 살기로 결심했다.
내 나라도 보이던 따뜻하고 편한 그 색깔,

—「노을의 주소」 부분

이 시는 응급실에서 만난 "안경을 낀 얌전한 백인 할머니"를 50년 전 기억에서 불러오면서 시작했다. 그는 응급실에서 병실로 옮기는 사이에 숨졌는데, 젊은 의사는 이 일이 자신의 탓이 아니었을까 괴로워했다. 사람의 삶과 죽음 사이에 설 사람이 숙명적으로 맞닥뜨리는 관문일 것이다. '부족한 의사'라는 자책이 둘째 연의 "예감에 찬 내 청춘이 진한 핏물에 물들어갔다"와 같은 절망으로 이끌었다. 위에 인용한 부분은 그 연장선 위에 있다. 숨 막힘, 절망, 탄식의 극단은 "입고 있던 가운을 조금씩 찢고 또 찢"는 예사롭지 않은 행동을 낳는다. 눈물이 배 속부터 터져 나온다고 느낄 만큼 비탄에 잠긴 그의 몸에 "다시 살"아갈 힘을 불어넣어준 것은 서편 하늘 저녁노을이었다. 그 노을은 서울에서 본 노을과 다르지 않았다. 서쪽은 고국이 있는 방향이었고, 그 먼 하늘 아래 양친이 살아 계시던 시절이었다.

기진하며 정성껏 끝낸
볼품없이 부끄러운 시 한 편,
가슴에 아직 남아 있는 온기로
아끼며 조심해 보듬어 안는다.
사랑한다는 내 말을 들은 시가
얼굴에 밝은 빛을 보인다. 아,
한마디 말과 체온도 위안이구나.

—「잡담 길들이기 20」 부분

자신이 쓴 시와 대화하며 위로를 주고받는, 마종기의 시에서 만나기 쉽지 않은 장면이다. 시인은 자신의 삶에서 시 쓰기가 무엇보다도 자기 구원, 자기 위로의 의미였다고 고백한 바 있다. 이 시는 비록 최근에 쓰였지만 시인이 평생 써온 시들의 이력까지 가늠하게 한다. 맡은 일의 엄중함을 회피하지 않으면서 그 체험의 요목을 진솔한 기록으로 담아내는 그릇이 그에게는 시였다. 그의 시 쓰기는 낯선 말, 낯선 사람, 낯선 산하에 둘러싸여 흔들리는 자신을 잡아주는 줄이었을 법하다. 그에게 시와 마주하는 자리는, 사람의 생사를 지켜보고 판단하고 치유하려는 사람으로서 더할 나위 없는 긴장과 성찰을 기록하는 여백이며, 스스로 추방당한 곳의 기억을 되새기는 속마음의 쉼터였다.

3. 시내, 강

이 시집, 『천사의 탄식』은 올해로 등단 60돌을 맞는 마종기 시인의 열두번째 시집이다. 대략 다섯 해에 한 권씩 시집을 펴내온 셈이니, 그의 시작은 다작도 과작도 아닌 속도로 간단없이 이어져왔다고 해야 할 것이다. 이 시집에서 독자들은 지난 60년 동안 마종기 시의 지형에 내처 물길을 이루었던 여러 갈래의 시내가 여전히 흐르고 있는 한편, 이 시내들이 어울려 더 너른 강으로 만나고 있음을 보게 된다. 마종기의 시가 흘러온 물길에서 이 시집의 세계는, 하루라면 늦은 오후, 한 해라면 늦가을의 풍경처럼 보인다. 떠나온 고국의 풍토와 두고 온 친지를 향한 그리움, 별세한 육친과 동기同氣에게 남은 회한, 유배자로서 자신의 운명을 바라보는 자의식, 귀향의 꿈과 좌절에 대한 미련, 생명을 돌보는 자로서 부담과 긍지, 삶의 태도로서 신앙과 사랑, 그리고 물, 꽃, 새, 빛, 별, 노을, 그림자 등의 낱말을 씨앗으로 삼은 상징 등, 굵거나 가는 물길들이 이 시집에서도 여전하다.

이슬은 내 육신의 명예,
이른 어두움에 태어나서
아침이 다 피기 전에 떠난다.
이국에서 보이지 않게 살다가
날이 밝으니 찢어진 갑옷을 벗는다.
죽은 이슬은 몇 방울의 물,
정성을 다해 사랑한다는 일은
얼마나 어렵고 무서운 결단인가.

—「이슬의 명예」 부분

이 시는 시집 맨 앞에 실렸다. 이슬은 어떤 '물'의 이름으로 시인이 아끼는 재료 중 하나이다. 이는 '꽃'과 함께 마종기의 시 세계에서 긍정적인 삶의 표상이다. 이슬은 아주 짧은 시간 존재하다 사라지는 귀한 무엇의 상징인데, 이 시에서는 첫 줄에서 보듯 육신에 얹어지는 명예가 되었다. 원시의 마지막 줄을 참고하면 이슬은 예언자에게 주는 '훈장'이며 그 '눈빛'이기도 하다. 이슬이라는 명예 또는 훈장을 감당하는 이는 누구일까? 둘째, 셋째 줄과 넷째, 다섯째 줄이 대구임에 유의하면 시인의 생애는 이슬의 생몰에 대응된다. "찢어진 갑옷"은 무엇일까? 나는 이 두 물음의 답이 육신이라고 생각한다. 한편, "질긴 평생"(「겨울의 끝날」)을 살아와, 이제 해진 갑옷을 벗고 '민얼굴'을 드러내며 육신의 공로를 치하하는 주체는 누구일까? 영혼일 것이다. "정성을 다해 사랑하는 일"은 이슬이 행한 일인 동시에 "찢어진 갑옷"이 행한 일이며, 이 일이 "얼마나 어렵고 무서운 결단인가"라는 경하의 말은 시인의 영혼이 그 육신에게 보내는 고마움과 대견함의 표현이 된다. 시인은 자신의 삶이 '정성을 다해 사랑한' 여정임을 「신설동 밤길」에서도 밝혔다. 여기서 삶의 태도로서 '사랑'은 종교적인 의미를 배제하지 않는다.

마종기 시인은 자신이 독실한 천주교 신자인 내색을, 이른바 '본격' 문학의 자리에서는 드러내지 않는 편이었다. 신앙의 동료들과 함께 읽기 위해서 묵상 시편들을 써왔고 이를 책(공저, 『나를 사랑하시는 분의 손길』, 바오로딸, 2007)으로 묶어낸 바 있지만 영역 구분이 엄연했다. 젊은 날 소작 가운데 "선종善終" 같은 낱말에서 신앙은 슬쩍 드러나는 정도였다. 선종은 '선하게 살다가 복되게 삶을 마친다'라는 뜻인 선생복종善生福終의 준말로, 천주교에서 '별세'를 대신해 쓰이며, 소정의 종교적 의례를 잘 마쳤음을 뜻하기도 한다. 시인은 이 말을, 선친을 추억하는 작품에서 썼다. 애초 그의 신앙은 선친에게서 온 것인데, 젊은 날 고초 끝에 양친의 슬하를 황급히 떠난 일이 부친의 갑작스러운 별세에 이유가 되었을지도 모른다는 자책과, 부친의 임종을 지키지 못한 자책이 그의 신앙을 더욱 두텁게 하는 한 이유가 되었을 것이다.

시인의 생애를 지탱하는 기둥이라고 할 신앙 즉, 사랑, 용서, 약속의 세계는 이 시집에서 본류로 나선 모습이다. 시집 제목이 된 시, 「천사의 탄식」은 최근에 쓴 무거운 작품이다. 이즈음 "창궐하는 역병"에 신음하는 세상을 목도하며, 평생 의사와 신앙인으로 살아온 지난 삶을 돌아보는 태세가 이 시의 서두에 있다.

> 기댈 곳이 정말 없네. 어디에 누워도 메마른 신음, 어디에 가도 목이 막힌 주검들. 지친 몸 쉴 곳 없는 낯선 땅이 내 상처였지. 창궐하는 역병은 세상을 찌르고 사람들은 수없이 죽어서 쌓이고 매장할 곳도 화장할 곳도 없다는데 60년 전 시인이 되겠다고 한 건방진 약속, 늦었지만 이제 취소합니다. 숨 쉴 곳 찾는 것이 우선입니다.

> 당신이 잘 보이지 않는다. 이 집을 떠나면 반가운 나라가 보이고 그곳에서 모두 함께 만나 울면서 춤춘다는 말도 차츰 무서워진다. 어떤 표정으로 당신을 맞이해야 할까? 바다의 별같이 화려할 수는 없겠지만 준비 없이 고통받기 두려워 한 발 물러서면서도, 당신을 사랑하고 있다는 모순. 미워하지 않겠다는 다짐도 잡히지 않겠다고 도망 다닌다.
>
> —「천사의 탄식」 부분

앞 연은 코로나바이러스가 퍼져 일어난 참상이다. 시인이 반세기를 시인, 의사, 신앙인으로 살아온 땅에서 벌어진 일이다. 그는 시인이 되겠다고 한, 젊은 날의 약속을 철회한다. '당신'과 맺은 고결한 약속을 내려놓은, 다만 "숨 쉴 곳"을 찾고 있을 뿐인 자신의 처지를 부끄러워하면서 시는 다음 연으로 이어진다. 신도 보이지 않지만 자신도 보이지 않는다. 그래서 간절히 기다려온 "반가운 나라"에 들어갈 꿈도 두려운 일이 되었다. '이 세상'에서 얻은 고통을 피하는 데 연연하면서 '저 밝은 세상'을 갈망하는 일이 떳떳하지 않다. 위 인용한 부분 다음, 모두 여섯 연에 걸쳐, 의사로서 또 신앙인으로서 살아온 삶은 낮은 목소리로 반추된다. 이 반성과 회한의 과정에서 헐벗은 이들, 소외된 이들, 배고픈 이들, 고통받는 이들의 모습이 바로 자신의 것이며, 나아가 자신이 믿는 신의 것임을 깨닫는다.

거의 끝나가는구나. 다리를 끌며 앞서 가는 이, 눈에 익은 뒷모습이 반갑다. 살아오면서 자주 들었던 한숨 소리는 더 이상 기대하지 말라는 게 아니었구나. 쓰러져 피 흘린 자에게 들리던 탄식은 다시 시작하라는 신호. 눈을 뜰 줄 몰랐으니 한숨의 의미도 몰랐던 거지. 우리는 결국 다 함께 일어난다는, 다정하게 들리는 저 천사의 탄식!

모든 골짜기는 메워지고 높은 산과 작은 언덕은 낮혀지고 굽은 길이 곧아지며 험한 길이 고르게 되는 날이 오고 있다. 어렵던 미적분도 다 풀었고 산을 넘던 일몰도 멈추어 섰다. 이제는 생애의 성사를 받을 시간, 수많은 죄와 회한을 기쁨으로 바꾸어주는 당신께 다가간다. 지는 노을 속에 자욱한 영혼들, 천천히 날아오르는 오, 부끄러운 내 몸.

—「천사의 탄식」 부분

마지막 두 연이다. 앞 연의 중심 낱말은 한숨 소리, 곧 탄식이다. 이 소리는 시인이 "살아오면서 자주 들었"던 소리이다. "쓰러져 피 흘린 자에게" 들렸다는 소리를, 그들이 낸 소리로 이해하기보다는, 그들을 지켜보는 보이지 않는 누군가의 소리로 이해하는 길이 시의 맥락에

마땅하다. 참상 앞에서 깊이 한숨을 쉬는, 보이지 않는 누군가를 시인은 천사라고 믿는다. 그 탄식의 뜻이 "다시 시작하라"는 신호이며, "우리는 결국 다 함께 일어나"게 된다는 일깨움이었음을 시인은 마침내 눈치챈다. 끝 연에서는 이 세상에 다시 신이 오시는 시간을 맞는다. 이제 신의 길은 평탄하게 마련되었으며, 시인은 "어렵던 미적분" 즉, 생애의 조촐한 숙제를 마쳤다. 주어진 시간은 멈추었다. 고통받는 사람들의 "죄와 회한을 기쁨으로 바꾸어주는" 신에게 다가가는 시인, 그의 몸은 부끄러움으로 가득하다.

4. 실존, 신앙

한 사람이 대자연 앞에 서 있다.

다시 가게 된 것은 조바심 때문이었다.
나이는 들어가고 겁도 늘어나고
돌아보아야 점점 좁아지는 세상에서
높고도 더 높은 유정천의 하늘을 만나
보이는 것이 끝일 수 없다고 말하려 했다.
고집도 늘어가고 트집거리도 늘어가고
주위로 막아선 높은 벽들은 가슴을 조이고
내 힘으로는 두들겨 깰 수도 없으면서

무엇이 여기까지 끌고 왔는지 알고 싶었다.

주위가 허전해져서 채근이라도 하고 싶었다.
파타고니아의 정상은 화산 연기를 뿜어내며
나를 보지도 않고 화가 나서 묵묵부답인데
무섭고 겁이 나도 돌아설 수가 없었다.
이것이 다냐고, 여기가 다냐고 묻고 싶었다.

매일 저녁 구워 먹었던 일곱 살짜리 양,
내 손자보다 어린 양이 눈으로 조롱했다.
인연의 끈들이 구름같이 다 풀어지는
파타고니아의 하늘에서 내리는 굵은 빗줄기,
올가미로 느껴지던 질긴 관계들을 끊어버린다.
비를 맞으면 흐르는 눈물도 보이지 않는다.

피부를 헤집어 상처만 주는 주위의 풀잎,
칼 같은 풀잎이 가슴까지 찌른다.
아무도 거두지 않은 죽음들이
오래 젖어서 천천히 일어서는 땅,
지상의 날들이 얼마나 남았는지 모르겠지만
다시는 오지 않겠다고 맹세한 것도 잊고
굵은 비에 가려 아무도 보이지 않는 시간,
약속해준 그 용서만 나를 아프게 때린다.

—「파타고니아식 변명」 전문

대자연을 마주한 사람은 시인이며, 장소는 그가 반세기 남짓 살아온 대륙의 남쪽 끝, 파타고니아이다. 남극의 얼음과 화산의 불이 만나는 곳, 지구에서 가장 큰 두 바다가 나뉘는 곳이다. 시인은 '무서움'을 느낀다. 살아 있는 화산에서는 연기가 솟아오르고, 칼처럼 날카롭고 거친 풀이 막아선다.

시인은 지친 몸을 이끌고 이곳에 "다시" 왔다. 나이가 들면서 겁, 고집, 트집거리가 늘었다는 그는 이곳 '하늘' 아래서 할 말, 물어볼 말이 있어서 먼 길을 "조바심" 내며 왔다. 할 말은 "보이는 것이 끝일 수 없다"는 사실의 다짐이며, 물어볼 말은 "무엇이 여기까지 끌고 왔는지"이다. 그는 "보이는 것"의 허무함을 본 자이며, 자신의 운명을 궁금해하는 자이다.

대자연은 답하지 않는다. 화를 내듯 "연기를 뿜"으며 시인의 질문에 상대조차 하지 않는다. 시인은 대자연 앞에서 다짐받고 싶었던 문장을 의문문, "여기가 다냐"로 바꾼다. 역시 답을 얻지 못한다. 낙담한 시인의 눈에 식탁에 오른 어린 양의 눈이 자신을 조롱하는 듯이 보인다. 이는 가당치 않은 자신의 행동을 객관화한 자괴감의 발로이겠으나, 정작 시인이 죽은 양의 눈에서 본 것은, '잠시 살다 사라지는 것들의 가소로움과 비애'였다고 나는 생각한다. 양은 조롱의 주체가 아니라, 유한한 것의 운명을 몸소 보여준 실례인 것이다.

마지막 장면에서 대자연의 "묵묵부답" 앞에 절망한 시인은, "인연의 끈들이 구름같이 다 풀어지는" 하늘과, "올가미로 느껴지던 질긴 관계들을 끊어버"리는 빗줄기를 응시한다. '인연의 끈'과 '질긴 관계'는 모두 사람의 일, 유한한 것들의 일이다. 시인은 이곳이 "아무도 거두지 않는 죽음들이/오래 젖어서 천천히 일어서는 땅"임을 본다. 무기질의 대자연은 유기질의 유한함을 살갑게 돌보지 않는다. 이 괴리는 단지 그 역사의 시간적 규모 차이에만 있지 않다.

시인은 앞서 이곳을 찾은 적이 있다. 10년 전쯤 여기서 그는 「파타고니아의 양」이라는 시를 썼다. 그 시에서 "거친 들판"에 떠 있는 "하늘 몇 개"를 보면서 "내가 사랑을 느끼지 못한다 해도/어딘가에 존재한다는 것만은 믿어보라고 했지?"라는 누군가의 조언을 떠올렸다. 그러나 당시 시인은 사랑의 존재를 확인하지 못한 채, 척박한 땅에서 잔혹한 운명 앞에 죽어가는 가련한 양 이야기에 집중해서, "남미의 남쪽 변경에서 만난 양들은 계속 죽기만 해서/나는 아직도 숨겨온 내 이야기를 시작하지 못했다"로 시를 마무리하고 말았다. 수사적으로 이 시에서 시인은 할 이야기를 다 한 것이다. 양의 운명이, 사람을 포함한 모든 유한한 것들의 운명을 제유한 것이었기 때문이다. 한편 문면처럼 "숨겨온 내 이야기"를 아직 하지 않음도 옳다면, 이 「파타고니아식 변명」은 저 「파타고니아의 양」에서 못다 한, "숨겨온 내 이야기"를 시작한 것이라고 볼 수 있다.

시인은 파타고니아라는 '변경'에서 '꽃'을 찾지 못했다. 나는 「파타고니아식 변명」에서 신앙 세계와 실존 세계의 경계에 선 시인의 마음 풍경을 읽는다. 이 시에서는 마종기의 시에서 중요한 자리에서 나타나곤 하는 꽃과 사랑이 안 보이지만, 저 「파타고니아의 양」에서는 '사랑'이 시의 중심을 관류하고 있었다. 마종기의 시에서 '사랑'은 실존적 의미와 종교적 의미를 함께 지닌다. 저 「파타고니아의 양」에서 사랑의 존재를 확인하려 한 시인의 시도는 뜻을 이루지 못했으나, 이 「파타고니아식 변명」은 "약속해준 그 용서만 나를 아프게 때린다"로 마무리되면서 최종적으로 신앙의 영역으로 중심重心을 옮긴다. 네팔에서 사는 사람들에게 히말라야가 신들의 거소이듯이 아메리카에서 살아온 시인에게 파타고니아는 신의 거소였다.

5. 집, 기원

시인은, 태어난 일본 동경, 어머니의 고향인 경남 마산 등지에서 유소년기를 보냈다고 알려졌지만, 고국을 떠날 때까지 성장기를 보낸 서울 명륜동의 집이 그의 고향이라고 할 수 있다. 명륜동의 "어릴 때 살던 헌 집"을 찾은 시인의 소회를 적은 시가 있다. 「서울의 흙」이 그것인데, 이 시에는 50년 만에 들른, 이젠 다른 사람이 사는 옛집 마당에서 "흙 한 줌"을 주머니에 넣고 나온 일의 뒷이야기가 있다. 그 흙은 "옛 가족의 정든 목소리 웃음의 한 줌"이어서 시인의 마음이 "푸근하고 따뜻해지"게 한다.

> 혹시라도 내가 이국땅에서 갑자기 가면
> 이 한 줌 흙을 꼭 내 손에 쥐어달라고.
>
> —「서울의 흙」 부분

아내에게 한 말이다. 이국은 미국이며 '가면'은 '세상을 떠나면'이라는 뜻이다. 시인은 몇 차례 '영구 귀국'을 시도했지만 뜻을 이루지 못했다. 2002년 조기 퇴직 후 고국에서 좀더 긴 시간을 보내고자 했으나 또한 여의치 않았다. 이국에서 꾸린 새 가족은 세월이 흐르면서 자연스럽게 그곳에 깊이 뿌리를 내렸다. 이제 장성하여 분가한 자제들에게 아버지의 이국은 고국이 되었고 아버지의 고국은 먼 나라가 되었다. 그 사이 고국의 옛 가족도 이국으로 이주하였다. 이제 시인에게 영구 귀국은 '영구 희망'이 되었다. 다른 시, 「장미, 요한이 살던 마을」에서 보인, "1년에 두세 번 만나는 아이들"이 "고국에 묻혀야겠다는 내 말을/시큰둥 반쯤은 농담으로 넘긴다"는 증언은 시인과 그 자제들이 엄연히 다른 현실적 조건에 처했음을 알려준다. "모든 사람이 태어난 나라에서 죽지는 못한다"(「갈리폴리 2」) 같은 구절을 참조하면 이제 시인은 자신이 이국땅에서 여생을 보낼 일을 현실로 받아들인 듯하다. 시인의 소망은 "이승을 하직한 후에는 안동에 와 살고 싶다"(「안동행 일지」) 정도로 물러선다. 흙 이야기로 돌아가자.

> 손에 쥐고 가기에 모자라지는 않을까.
> 가끔은 무슨 말을 하는 듯 광채까지 난다.
> 세상에서 제일 힘든 것은 이별이겠지만
> 내 흙을 보고 있으면 이별도 부드럽다.
> 곁을 떠난 사람도 오가는 길에 보인다.
>
> —「서울의 흙」 부분

한 줌 흙을 시인은 미국으로 가져가 애지중지한다. 이별, 미구에 닥칠 일에 대한 염려와 슬픔을 고향의 흙을 만지고 들여다봄으로써 위로받는다. 인용한 부분, 마지막 줄은 언젠가 이 세상 떠날 일을 담담하게 받아들일 준비가 된 시인의 마음을 보여주는 그림이다. "곁을 떠난 사람"은 이미 세상을 떠난 사람들이다. 이제 시인에게 그들의 현현은 예사롭다. 세상을 하직한 이를 보거나 그 존재를 느끼는 체험은 지난 그의 시에서 드물지 않았는데, 대개 그들은 혈육이었다. '집'이 삶의 근거이며, '식구食口' 또는 '가족'은 그 근거를 함께하는 생활공동체, 공동운명체이다. 세월이 흐르면 집은 낡아가고, 식구들은 자라거나 늙어간다. 사람은 자라면서 눈에 익은 산하와 함께 어둠과 궂은 날씨를 피하던 집을 기억한다. 사람은 자신의 기원인 집과 옛 가족을 떠나 스스로의 집, 가족을 이루는데, 이 일은 누대에 걸쳐 거듭된다. 시인은 옛 가족의 기원에 오랜만에 가보았고, "옛 가족의 정든 목소리"를 찾아왔다. 그들 상당수는 이제 같은 세상에 없어서 그 "목소리"는 더욱 소중하다. 이번 시집에도 세상을 떠난 가족을 추억하는 시가 여러 편 있다.

주위를 둘러보니, 어머니
모두들 잘 있습니다.
무대도 조명도 객석도 잘 있고
인간의 간절한 열정은 살아서 뛰며
몸부림치는 영감의 현장이 되네요.
새로운 첫번째만이 예술이라고 하신
당신의 어려운 주장이 무대를 채웁니다.

—「무용가의 초상」 부분

시인은 무용 공연을 관람하며 무용가였던 어머니를 그리워한다. 인용한 부분은 첫 연으로, 어머니가 세상을 떠난 후에도 그분이 각별히 사랑했던 예술이 여전함을 보고하고 있다. 무대, 조명, 객석도 안녕하고 무엇보다 "인간의 간절한 열정"과 "몸부림치는 영감"이 여전하여 "새로운 첫번째만이 예술"이라는 고인의 지론을 되새긴다. 이 시는 온전히 어머니에게 헌정된 작품이다. 아우를 그리워하는 시도 몇 편 있다.

> 온순하고 착한 빛깔 속에
> 젊어서 억울하게 죽은 내 동생,
> 아직 웃고 있는 모습이 보인다.
>
> 그러면 저 나무의 숨소리가
> 동생의 살아 있는 넋일까.
> 눈치 보며 나무둥치를 안고
> 오래 아파온 가슴을 쓰다듬는다.
> 집착보다 우리는 더 가깝다며
> 동생이 오히려 나를 다독인다.
> 아침이 우리를 하나로 묶어준다.

—「사소한 은총」 부분

아침 햇살 비치는 숲길에서 시인은 동생이 웃고 있는 모습을 본다. 평생 형을 따르던 동생은, 정치적인 일로 신문기자를 그만두게 되어 바다 건너 형 가까이에 와서 살다가 사고로 세상을 떠났다. 아직 동생은 시인의 마음 가까이 있어서, 조용한 시간에 애처로움과 슬픔으로 되살아난다. 산책하던 사람이 나무를 오래 안고 있다. 그는 동생의 일로 긴 세월 가슴앓이한 사람인데, 오늘 나무로 다가온 동생은 슬퍼하는 형을 위로한다. 다른 날 동생은 새의 형상으로 나타나기도 한다(「새의 안부」).

6. 이별, 만남

'이별'의 기운은 이 시집에 두루 펼쳐져 있다. 시인은 자신이 "해가 뉘엿뉘엿 지는 나이"(「갈리폴리 2」)에 이르렀고, "허물어진 몸"(「바다들의 이별」)의 "허리 굽은 노인"(「나그네의 집」)임을 시종 잊지 않는다. '이별'의 시간은 자주 가정과 상상의 대상이 된다.

① 이 밤길이 내 끝이라도 후회는 없다.

—「신설동 밤길」 부분

② 다 늙고 시든 몸으로/우리가 땅 그늘에 지면

—「저녁 기도」 부분

③ 아버지도 가을에 돌아가셨고/[……]/괜찮다면 나도 가을이고 싶다.

—「즐거운 송가」 부분

④ 지상의 날들이 얼마나 남았는지 모르겠지만

—「파타고니아식 변명」 부분

⑤ 지상의 날은 얼마 남지 않은 것 같은데

—「자화상 2」 부분

①의 사례를 과장할 필요는 없다.「신설동 밤길」의 맥락에서, 시인이 '끝'을 상상하는 이유는 고국에 머물 때 느끼는 시인의 편안함 때문일 것이다. ②의 사례에서 '지다'는 삶을 꽃에 비유한 흐름의 연장이다.「저녁 기도」는 "꽃을 한 개만 가진 이"의 행복을 노래한 시이다. '한 개의 꽃'은 시인이 지닌 신앙의 속성을 드러낸 것이면서 삶의 지향이기도 할 텐데, 위 사례가 자리 잡은 시의 마지막 부분에 집중하자면 육신의 삶, 곧 목숨의 비유로 보이기도 한다. ③의 사례는 청명한 가을날을 맞아 지난 삶과 인연을 돌아보는 시,「즐거운 송가」의 앞부분에 있다. 이 세상 떠나는 날을 상상하는 말투는 밝고 즐겁다. ④의 사례는 앞서 읽은「파타고니아식 변명」의 끝부분에서 왔고, ⑤의 사례는 미술관에서 화가 고흐의 자화상들을 보다가 자신의 삶을 살피게 되는 시,「자화상 2」의 끝부분에서 왔다. 두 사례에서 "지상의

날"이 나온다. '천상의 날'과 결레를 이루는 말이다. 이 시집에서 이와 같은 떠남 또는 '이별'의 기미는 그 자체로 완결되지 않는다.

> 아버지도 어머니도 멀리 가시고
> 한 이불 쓰던 동생도 벌써 떠났다.
> 같이 살다 죽자던 어린 날 단짝들도
> 하나둘 구름만 남기고 어디론지 가고
> 외롭다 할지, 춥고 허전하다 할지,
> 가을비 맞는 친구의 무덤가에 다시 섰다.
> 거기서는 잘들 모여 살고 있는 거냐.
>
> —「바지락이나 감자탕이나」 부분

양친도 멀리 가시고 동생도, 단짝 친구들도 어디론지 갔다. 세월이 흘러 사랑과 우정을 나누던 사람들은 '하나둘' 떠나는데, 시인은 그들이 떠난 '어디'가 한곳이 아닐까 상상한다. 인용하지 않은, 이 시의 마지막 구절, "나도 언제 한 번쯤은 모여 살 수 있을까./아무래도 그런 건 다음 세상의 일일까"라는 구절에는 그들이 모여 사는 곳에 자신도 함께하고 싶다는 소망이 드러나 있다. 시인은 그 자리를 "다음 세상"이라고 부른다. '다음 세상'은 윤회를 믿는 이에게는 '다른 생애'일 수 있겠으나, 시인의 세계관에서는 '죽은 다음의 세상'이다. 다른 시, 「는개의 시간」에서는 오랜 친구가 "죽었다"는 소식을 듣고 "그래도 떠나는 뒷모습이 편안했었다니/내 옆에 남겠다는 그 약속만은 믿겠다"라고 말한다. 시인에게 사람들은, 죽었다고 가뭇없이 사라지지 않는다. '약속'한다면 죽어서도 "내 옆에 남"을 수 있다. 몸의 세계이며 물질의 세계인 여기와 마음의 세계이자 영혼의 세계인 저기가 멀지 않은 거리에 있다. 마종기의 시 세계에서 '약속'은 중요한 대목에서 자주 보인다. 약속은 확실하지 않은 미래의 시간을 일부나마 자신의 통제 안에 두려는 인간의 노력이다. 우리는 이를 이용해 아직 오지 않은 시간에 할 행동을 정해두고 이를 공유한다. 이런 일은 사람과 사람, 신과 사람 사이에 존재할 수 있다.

'이별' 다음에 '만남'을 상상하거나 약속할 수 있다. 이때 만남은 이별 너머의 세상을 의미한다. 독자들은 "그래, 모두 가는 길 우리는 다시 만나겠지"(「기도해주어!」)에서, 그리고 "그곳에서 모두 함께 만나 울면서 춤춘다는 말도 차츰 무서워진다"(「천사의 탄식」)에서 시인이 상상하는 '이별 너머'를 엿보게 된다. 만남으로 이어지는 이별을 화창하고 명랑하게 보여주는 시, 「다시 만나야 하니까」는 이 시집 맨 끝에 있다.

우리는 다시 만나야 하니까
기다려주어요.

숨지 말고 감추지도 말고
표정도 변하지 말아요.
목표가 다를 수는 없겠지만
반가워 웃을 때는 젊은 얼굴일까,
오래 참아와서 우는 얼굴일까.

살아 있는 것만이 향기가 아니네.
하나둘 눈뜨며 반기며
가슴에 품은 씨에서 싹을 틔운다.
꽃씨들은 모두 가벼워 물에 뜨고
어지간한 몸이면 멀리까지 날린다.
잊히더라도 더 가벼워지라는
생경한 깨달음의 아픔,
가장 낮은 자세는, 여보세요?
어디에 다 모여 사나요.

다시 만나야 하니까
모르던 세상이 혼자 길을 연다.
내가 죽도록 원하던
시작이 가득한 내일.
육친을 안는다.
다시는 헤어지지 말자는 말이
오히려 잠을 깨운다.

—「다시 만나야 하니까」 전문

혼잣말이 기조인 시에서, 맨 앞 네 줄과 둘째 연의 끝 두 줄은 다정하게 건네는 말투라서 돋보인다. 다정한 말을 받을 이는 앞서 이 세상을 떠난 사람들이다. "기다려주어요"는 막 출발하는 사람의 말이다. 들뜬 시인은 '다른 세상'에서 그들과 재회할 때 보게 될 몸짓과 표정을 상상한다. "숨지 말고 감추지도 말고/표정도 변하지 말아요"는 맨몸, 민얼굴로 만나자는 뜻이다. 이어 시인은 반가움이 먼저일까, 감격 곧 눈물겨움이 먼저일까를 저울질하는데 그 자체를 즐길 뿐 둘을 분간하는 일에 큰 관심이 있어 보이지는 않는다. '다를 수 없는 목표'는 반색과 감격이 하나가 되는 재회의 참뜻이다. 둘째 연에서 '향기'는, 몸을 잃고도 여전히 개체의 본질을 유지하는 무엇일 텐데, 나는 그것을 마음, 곧 영혼의 정체성으로 읽는다.

반가워하는 이들의 가슴에 간직되어 있던 씨앗들이 계획된 생명의 일정을 시작한다. 본래 식물의 씨앗은 물, 바람, 짐승의 살갗이나 배 속을 빌려 새로운 세상, 다른 세상으로 떠나간다. 씨앗은 자신을 생성한 세계를 기억하여, 다른 곳에서 그 세계를 재현한다. 꽃씨는 새로운 땅에서 가장 낮은 자세로 싹을 틔워 줄기를 키우고 꽃눈을 만든다. 꽃씨처럼, "잊히더라도 더 가벼워지라"는 일종의 가르침은, 고난을 단련의 과정으로 이해함이 옳겠다는 시인의 깨달음으로 읽어도 될까? 그렇다면 이 깨달음이 "생경"하고 '아픈' 것임도 자연스럽다. 과연 시인의 삶은 씨앗이 멀리 날려가듯 떠밀려간 것이었고, 고난과 슬픔 속에서 "잊히더라도 더 가벼워지라"는 역설적 과제의 수행이었던 것으로 보인다. 둘째 연의 끝줄, "어디에서 모여 사나요"는 막 도착한 사람의 말이다.

셋째 연에 이르러 시인은 "모르던 세상"이 안내한 "시작이 가득한 내일"이라는 이름의 마을에 도착한다. 그곳은 "내가 죽도록 원하던" 곳이다. 이 마을에서 시인은 "육친을 안는다". '육친'은 또한 육친이면서, 시인이 평생 이별한 모든 사람의 대표이기도 하다. 끝줄에서 밝힌 대로 이 시에 담긴 일이 고스란히 "꿈"인 이유는 시인이 이쪽 세상에 있기 때문일 것이다.

7. 시인, 연륜

나는『천사의 탄식』에서 여든 안팎의 연륜을 얻은 빼어난 서정적 지성이 가꾼, 연민과 응시와 회억의 큰 숲을 본다. 일찍이 규모와 세련을 이룬 마종기 시인의 언어적 도구는 세월이 흐르면서 근간의 안정과 성숙을 성취했고 그 도구를 다루는 몸과 마음은 뚜렷한 연륜을 더하여, 그의 시 세계는 광활하고 울창해졌다. 이제 눈앞에 펼쳐진 풍요로운 숲을 걸으며, 지속과 변화의 미세한 결을 찾아 읽는 일은 앞으로 오래 독자들의 행복이 될 것이다.

이즈음 시인이 사는 나라나 고국이나 역병으로 어수선해, 시인이 고국을 다녀가는 일도, 고국의 독자들을 만나 새 시집 출간을 기념하는 자리도, 시력 60년 잔치도 얼마간 미루어질 듯하다. 부디 다시 세상이 평온해져서 모아놓은 기쁨이 제 순서를 찾기 바란다. ▨